転
は
女は
前世
精霊
に懐かれる
「食べ物を両手で掴まないの。
すぎるわ！」
「そっかー」
どうやら作法というのは奥深いらしい。
JN000604

サラ・ディディエ
大公家に保護された
獣人の少女。
ルリアと仲良し。
ロア
幼い竜。
先代の精霊王が
生まれ変わった存在。
ミア
サラが持っていた
木の人形。
守護獣へと変化する。
「あれ？　ミア？　雰囲気変わった？」

ルリア・
ファルネーゼ
元気で動物好きな
大公家の娘。
前世は聖女。
「ふむ～？　さすが守護獣だなぁ」
ダーウ
巨大なわんこ。
正体は精霊たちを
守護するフェンリル。

コンラート・
オリヴィニス・
ファルネーゼ
王太子の息子で
わがままな少年。
ルリアのいとこ。
「いらんこというのはこの口か？」
「や、やめめめめめ。
僕の父上をだれだとおもってるんだ！」

転生幼女は
前世で助けた
精霊たちに懐かれる
3
著／えぞぎんぎつね
イラスト／keepout

CONTENTS

characters【人物紹介】

ルリア

動物好きな大公家の少女。
前世は大きな力を持つ聖女。

サラ

虐げられていた獣人の少女。
ルリアと一緒に暮らし始める。

水竜公

絶大な力を持つ水の竜。
人の姿にもなることができる。

ルリアと暮らすもふもふたち

ダーウ

フェンリルの
こども。

キャロ

頭の良い
プレーリー
ドッグ。

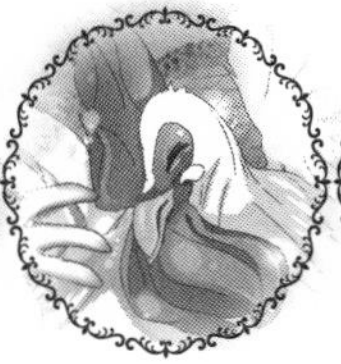

コルコ

強くて大きな
ニワトリ。

クロ

精霊たちを
統べる王。

ロア

竜の赤子。
かつての
精霊王。

ファルネーゼ大公家

グラーフ

大公爵。
ルリアの父。

アマーリア

優しい
ルリアの母。

ギルベルト

ルリアと
仲良しの兄。

リディア

ルリアと
仲良しの姉。

序章　ルリアの祖父国王ガストネという男

快癒したマリオンが湖畔の別邸にやってくる二日前。

豪奢な椅子に座った一人の老人が報告書を読みながら、別の報告を受けていた。

その老人の名はガストネ・オリヴィニス・ファルネーゼ。

ルリアの父であるグラーフの父にして、オリヴィニス王国の国王である。

ガストネは六十代も半ばだというのに、筋肉質で若々しく、覇気を纏《まと》っている。

髪は白く顔に皺があるが、美しい碧眼も顔立ちもグラーフにそっくりだった。

だが、眉間には深い皺が刻まれており、不機嫌さを隠そうとしない。

「……ナルバチア大公は病ゆえ参内できぬと」

夏だというのに部屋は涼しい。だというのに報告者は気圧《けお》され萎縮し汗をかいていた。

「で？」

ガストネは報告書から目を上げることすらせず、指でこめかみを揉んでいる。

最近、ガストネは四六時中頭痛に悩まされており、それが不機嫌さに拍車をかけていた。

「ですから、父上」

「は？」

ガストネは顔を上げて、報告者の顔を睨んだ。

報告者はルリアの伯父である王太子ゲラルド・オリヴィニス・ファルネーゼだ。

「へ、陛下。ですから、大公はご病気で……」

父上から陛下と言い直して、改めて同じ言葉を繰り返す。

「それで？」

「です――」

「余は大公に参内せよと命じた。そうだな？」

ナルバチア大公は、隣国と密貿易をし禁制品を市中に流した容疑がかけられている。

それゆえ、参内して釈明せよとガストネは命じたのだ。

「はい。ですが――」

「ですがではない。余が命じたのならば、這ってでも来るのが道理であろう？」

口調こそ柔らかいが、有無を言わせぬ力があった。

「ですが、病だというのを無理に参内させて、もし悪化でもしたら」

「そのときは死ねばよかろう？」

「え？」

「余の命に従って死ぬのだ。本望であろう？」

「お、お待ちください。大公は陛下にとっても叔父にあたる御方」

ナルバチア大公は先々代の王の庶子であり、王位継承権の順位も高い。

王よりも年上で、広大な領土を持つ国内有数の大貴族である。

王はこれまで数多の反抗的な貴族を取り潰し、処刑してきた。

だが、さすがに叔父でもある大公ともなれば、話は別だ。

「ゲラルド」

ガストネは報告書を机において、ゲラルドを手招きする。

「陛下？」

機密に関わる話でも耳うちされるのかと思ってゲラルドが近づくと、

「ぐはっ、陛下なにを……」

ガストネはゲラルドの胸ぐらを摑んで引きつける。

「この間抜けが！　大公は余を侮っている！」

ガストネは、顔がつきそうなほどの至近距離でゲラルドを怒鳴りつけた。

「自分は大貴族で余の叔父ゆえに、処分されぬと思っているのだ！」

「そ、それは」

「余を侮るとは、このオリヴィニス王国を侮るのと同義！」

ガストネはゲラルドの胸ぐらから手を離す。

「近衛を動かせ。ナルバチアの屋敷を火の海にし、大公の首を持ってこい」

「お、お待ちください！　それでは戦になります」

「そうしろと言っている」

「陛下！　せめて、せめて、一月の猶予を。私が大公を説得します」

ゲラルドのあまりに真剣な表情を見て、ガストネはため息をついた。

「……一週間だ。一週間で埒《らち》を明けよ」

「御意」

退室する王太子ゲラルドを見送って、再びガストネはため息をつく。

ガストネは王太子にナルバチア大公の問題を任せたのは早計だったと後悔し始めていた。

ゲラルドは甘すぎる。

その点、グラーフは良い。グラーフは侮られたらどうなるか理解している。

王侯貴族の社会において、侮られれば最後、食い物にされるだけだ。

だから、グラーフは敵対すれば、教会だろうと呪術師の集団だろうと容赦しない。

家族を守るため、徹底的に叩き潰すのだ。

そのうえ、叛意を疑われないように、逐一ガストネに報告をあげる。

グラーフは王を侮ることもない。

侮らないと言うことは、正確に互いの力量差を測ることができていると言うことでもある。

冷静に、油断せず、従順に、爪と牙など持っていないかのように振るまっている。

「もし、余の寝首をかくとすれば、グラーフであろうな」

王になってから、いや、幼い頃からガストネは誰も信用していなかった。

それは幼少期から、何度も命を狙われたからであり、何度も裏切られたからだ。

裏切り者には実の母や兄弟、そして忠臣と信じた者や親友と思っていた者も含まれる。
……誰も信用できぬ。
とはいえ、臣下よりは息子の方がまだましだ。だから、王太子に命じたというのに。
「情けない。……だが、グラーフは油断できぬ」
王太子は甘いが、グラーフは逆に鋭すぎる。
グラーフは王の猜疑心に気づいている。
だから、臣籍に降《くだ》り、王宮から距離を取って野心がないとアピールしているのだ。
「……そろそろ、グラーフにも何かした方が良いかもしれぬな」
人は恐ろしさに馴れ、忘れる生き物だ。
だからこそ、定期的に王は、恐ろしい存在だと思い知らさねばならない。
グラーフのことを頭に浮かべながら、ガストネは報告書に目を通す。
ガストネは各地に「影」と呼ばれる直属の斥候を放っていた。
もはやガストネが信じられる者は、「影」だけだ。
いや、「影」もいつ裏切るかわからぬ。そうガストネは考えていた。
「ん？」
ちょうどその報告書には、昨日湖畔の別邸で起こった出来事が記されていた。
グラーフの領地で、領民の直訴があり、その日のうちに解決したこと。
その際、巨大な動物が、グラーフの娘ルリアに従っているように見えたこと。

「……ふむ。面白い」

動物に愛される幼女。

かつて聖王家の時代に、王族に現われたという聖女の特徴の一つだ。

「……使えるな」

本当に聖女かどうかは関係ない。聖女だとアピールできれば良いのだ。

最近伸長しつつある教会勢力を牽制し、反抗的な貴族を黙らせるのに都合が良い。

「グラーフの娘ルリアについて調べよ」

ぼそっとガストネが言うと、

「…………」

なにかの気配が、音もなく周囲から一つ消えた。

その後、ガストネはグラーフに末娘を連れて参内せよという勅命を出した。

一章　五歳のルリアと倒れている人

マリオンが湖畔の別邸にやってきた次の日のこと。

朝ご飯を食べたあたしたちは、遊ぶために別邸の庭に出た。

庭の近くには従者たちの詰め所があって、従者たちが沢山いる。

だから、庭なら安全だろうと母から許可が下りたのだ。

「てんきいいね！　ルリアちゃん」

木の棒の人形を抱っこしたサラが嬉しそうに言う。

昨日までの豪雨が嘘のように、雲一つない快晴だった。

「そうだね！　きもちがいい！」

あたしは念のために右手に持った木の棒で地面を叩きながら、歩いて行く。

その木の棒は湖畔の別邸に到着したばかりの頃に手に入れた格好いい棒だ。

「りゃあ〜」

「ロアもきもちいい？　いっぱいお日さまをあびるといいよ」

あたしは左手で抱っこしていた、守護獣にして赤い幼い竜でもある精霊王ロアを頭に乗せる。

すると、ロアは嬉しそうに、羽をバサバサさせた。

そんなあたしたちの後ろから人型の水竜公《すいりゅうこう》が付いてくる。

「空の青色は、綺麗であるなー」

水竜公は、気持ちよさそうに深呼吸しながら尻尾を揺らしている。

「空気もうまいのである」

水竜公は、数百年、あるいは数千年、ともかく気が遠くなるほど長い期間、封印されていた。

外に出てきて、解呪されたのは昨日のことだ。

だから、青空も、肌を撫でる風も全てが嬉しいに違いない。

「いっぱい、空気をすうといい」

「わふ～わふわふっわふ！」

水竜公の揺れる尻尾にダーウがじゃれついている。

人型になった水竜公よりダーウの方が大きいのだが、ダーウは気にしていないようだ。

水竜公はダーウの方を見もせずに、尻尾でダーウをビシバシ適当にあしらっていた。

なかなかの尻尾使いだ。

「きゅきゅ～」「こっこ」

ダーウの後ろには、プレーリードッグのキャロとにわとりのコルコがいる。

キャロはダーウに「はしゃぐな」と言い、コルコは「泥だらけになるよ」と言っている。

「わふ～～」

だが、ダーウは全く気にしてなかった。

昨日までの豪雨のせいで、庭には水たまりが沢山ある。

——バシャ、バシャッ
そんな水たまりを気にせず、ダーウは水竜公の尻尾に楽しそうにじゃれついているのだ。

「……もうちゃいろい」

ダーウは体の七割方、もう泥で茶色かった。洗うのが大変そうだ。

きっと母にも怒られる。その時はかばってあげなければなるまい。

本当は庭に出る前に、あたしが泥だらけにならないよう言わなければいけなかった。

だが、もう手遅れだ。

「いや、なんとかして、きれいに……」

綺麗な水があれば、ダーウの泥を落とせる。怒られる前にごまかせれば良いのだけど。

「うーん」

「ルリアちゃん、何してあそぶ？」

「……まずは庭をちょうさする」

「ちょうさ、って何するの？」

「わなとか、おとしあなとか……さがす。あときれいなみず」

あたしは木の棒で地面をバシバシ叩きながら、歩いて行く。

「みず？　どして？」

「ダーウをあらう」

「ああ……そだね」

サラも納得してくれたようだ。

あたしは服が泥だらけにならないよう、慎重に歩いて行く。

「ルリア、どうして棒で叩くのであるか？」

「おとしあなを……みつけるため」

「おとしあな！」

水竜公は落とし穴という言葉にわくわくしたのか、尻尾を激しく揺らした。

お陰でダーウの動きも激しくなり、一層泥だらけになる。

「ダーウ、水竜公がどろだらけになるでしょ！」

「わふ？」

「大丈夫なのである！　我の服よりルリアとサラの服が汚れないように気をつけるが良いぞ」

大丈夫というだけあって、なぜか水竜公の服には泥一つ付いていない。

「……きっとみえない速さで、どろをかわしているのだな？」

「水竜公、すごい」

サラが尊敬のまなざしで水竜公を見つめている。

「サラちゃん、あたしたちは服を汚さないようにしないと」

「うん、お洗濯大変だもんね」

あたしが着ている服は兄ギルベルトのお下がりの男の子の服だ。

動きやすいし、ポケットが沢山付いているのがいい。

「サラちゃんの服もかわいいなぁ」

「そうかな？　えへへ」

サラが着ている服は、今朝届いたばかりの、サラのために新しく作った運動用の服だ。

デザインはあたしの着ている兄のお下がりに似ている。

だが、尻尾穴が付いているところが違う。

水竜公が着ている服も、今あたしたちが着ている男物に近いデザインだ。

昨日着ていた服とはデザインが全く違う。

「すいりゅうこうは、いつもどこで服を手に入れてるの？」

「うん。すいりゅうこうの服、いつもきれい」

「えへ？　へへへ。そうであるか？　これは自分で作っているのである」

「すごい！」

「え？　自分で？　ぬってるの？」

サラが目を輝かせている。

「違うのである。見ているといいのだ」

そう言うと同時に、水竜公の服が昨日のものへと変わった。

「え？　すごい」「ふわあ」

「わふわふわふわふ！」

あたしたちだけでなく、ダーウも興奮していた。

水竜公の服が、すぐに今日の男物っぽい服に戻る。

「我は魔法で服を作っているのである」

「おおー。魔法」

「魔法ってそんなことまでできるんだ」

「うむ。我はでかいゆえな。布の服だとやぶれるのである」

「たしかに……」「たしかに……」

あたしとサラは同時に納得した。

人型から竜の姿に変化するたびに服が弾けることになる。

それはとてももったいない。

「魔法ゆえ、洗濯もしなくていいし、そもそも泥など付かないのだ！」

「ほえー。うらやましい」

「可愛いのを好きなだけきれてうらやましい」

あたしとサラは同時にうらやましいと思ったが、中身は違う。

あたしのうらやましいは「泥まみれになれてうらやましい」だ。

「……ルリアもふく魔法を練習しようかな」

「ん？　教えてもいいのであるぞ？」

「いいの？　すいりゅうこういそがしくない？」

水竜公は少し考えた後、ぼそっと言う。

「待つがよいのである」

水竜公は真剣な表情をしている。

「わふ〜わふわふわふわぅ」

「こここここ」「きゅきゅいきゅ」

そんな水竜公に「どうしたどうした」と、ダーウたちがまとわりついている。

コルコは水竜公の頭の上に、キャロは肩の上に乗っていた。

「すいりゅうこう、どした？」

「その水竜公というの堅苦しいのである！　我もちゃんって呼ばれたいのである」

「すいりゅうこうちゃん？」

サラがそう言うと、水竜公は首をぶんぶんと勢いよく振った。

同時に尻尾も振られて、ダーウが喜んだ。

「ちがうのである！　水竜公っていうのは、人で言う役職？　官職？　みたいな奴なのである」

「たしかに……」「たしかに……」

あたしとサラは、思わず同時に呟いた。

「王様に、王ちゃんっていうようなものだものね？」

父に大公ちゃんと言うようなものでもある。

「そうなのである。サラは賢いのである」

「すいりゅうこうは、名前あるの？」

「ないのである。名前も考えて欲しいのである」

難しい問題だ。

「うーん。りゅうっぽいなまえがいいか？」

「かわいい名前がいいよね？」

あたしたちは、水竜公の名前について相談した。

「みずっぽいのがいいか？」

「かわいいのがいい」

「我もかわいいのがいい」

「わふわふ」「こっこ」「きゅ〜」「りゃあ〜」

ダーウたちも一生懸命考えていた。

「ばう！」

「バウちゃんはちょっと、イメージがちがう」「ちがうとおもう」

「こぅここ？」

「こうここちゃんは、いいかんじかもしれない」

「いや、それはどうかとおもうのである」

「レオナルドはどうかな？」

「それはかあさまがすきなやつ。べつにかわいくはない」

みんなで五分ほど考えた。あたしは思いついたことをどんどん口にしていく。

「すい、すいりゅうこう、りゅう……こう？　うーん。スイちゃん！」

スイちゃんというのがしっくりきた。水竜公の水でスイちゃんだ。

「あ、かわいいかも」

「かわいいのである！　気に入ったのである！」

「わふ？」「こ？」「きゅきゅ」「りゃむ」

水竜公が気に入ったスイという名前に決まった。


無事に水竜公の名前が決まったので、あたしたちは探検を再開した。

「みずばをさがそう。探検ではみずのかくほがだいじだからなー」

「わふ～？」

ダーウが水たまりに前足をばちゃばちゃしながら、水場を見つけたとアピールする。

「それは泥だらけだからダメ」

「わふ！」

ダーウは張り切って、泥だらけじゃない水場を探して走る。

あたしは慎重に、棒で地面を叩きながら、ぬかるんでいない場所を選んで歩く。

「サラちゃん。そっちはどろどろになる。こっち」

「わかった」

あたしは右手で棒をふり、左手でサラの手を握って慎重に歩く。

スイは、頭にコルコ、肩にキャロを乗せて、あたしたちの後ろを付いてくる。

「こるこ、おもたくない？」

コルコはとても大きなにわとりなのだ。

「スイは竜だから平気なのである。ダーウものせられるぐらいである」

「すごい」

「わふ〜わふわふ」

ダーウが後ろからスイの両肩に前足を置きに行く。

スイのセリフを聞いて、ダーウは乗せてもらえると考えたらしい。

「ダーウ、むちゃいわないの！」

「わふ〜？」

「ダーウがスイちゃんの上にのったらみんなびっくりするでしょ！」

「わふ？」

ダーウは首をかしげている。だが、想像してみたらわかる。

華奢な少女にしかみえないスイが、巨大なダーウを頭の上に乗せていたらすごいことだ。

「ぐらぐらするでしょ！」

「わふ〜」

ダーウは「しかたないなぁ」と言いながら、水場の探索に戻る。

探索といっても、本気で探しているわけではない。庭を元気に走り回っているだけだ。

ダーウは体が大きいので、運動量も多いのだ。

「探さなくても、水場なら湖がみえているであろ？」

「そだね。そこまで安全にいくのが大変」

あたしは棒でペシペシ落とし穴がないか確認して歩いて行った。

「スイは落とし穴なんてないと思うのであるがなー」

「油断したらだめ！」

「そうであるかー？」

スイがのんびりと話していると、

「きゃうん！」

次の瞬間、駆け回っていたダーウが深い水たまりにはまって転ぶ。

七割茶色かったダーウが、十割茶色くなった。

「りゃあ～」

あたしの頭の上に乗っているロアが目を覆っている。

「……ほんとに落とし穴があったのである」

「そう。ゆだんしたらダメ」

「ルリアちゃんすごい」

スイとサラが尊敬の目であたしを見てくるので、誇らしい気持ちになった。

とはいえ、本当の落とし穴ではない。

泥濘が少し深くなっていただけだ。あたしの膝までの高さもないだろう。

そんな些細な泥濘だからこそ、ダーウは油断して足を取られて転んだのだ。

「きゃうきゃう。ピー」

ダーウは甘えた声を出しながら走ってくる。

「ダーウ。ゆだんたいてきなんだよ」

「ぴぃ～。きゃんきゃぅ」

ダーウが「痛い痛い」と言っているので、あたしは体を調べた。

「だいじょうぶ、怪我してないよ」

「……わふ。ぴぃ～」

びっくりして、甘えていただけらしい。

撫でてと言って、体を押しつけてくる。

「ダーウ、まって」

「わふ？」

「そのままだとあたしたちも泥だらけになるからな？　あらいにいこう」

「わふ～？」

「みずうみまでいくよ」

「わふっ!?」

ダーウは、こんな季節に湖に入るなんて信じられないといった表情を浮かべて走り始めた。

「まてまて～」

「わふわふ～」

あたしは走ってダーウを追いかける。

落とし穴を探っている余裕などない。結構本気で走った。

「りゃありゃありゃあ！」

ロアが嬉しそうに羽をバサバサさせている。

そのお陰で、後ろから風を受けるのと似た効果が発揮され、少しあたしの足が速くなった。

だが、ダーウはやっぱり速かった。

「はぁはぁ……もうみえなくなった」

「りゃむ～」

「ロア、今のよかった。今度練習しよう」

「りゃむ！」

そこにゆっくり走ってきたスイが追いついてきた。

「ダーウは逃げたのであるな？」

スイはサラを小脇に抱えて、追いかけてきてくれたのだ。

「春だもんね。ダーウも湖にはいりたくなかったのかも」

スイに降ろされたサラがあたしの手を握る。

「そかも。でもよごれてたら、かあさまに怒られるかもだしなー」

難しい問題である。

「ふむ？　ならば、スイがお湯で洗ってやってもよいのである。魔法で」

「え？　スイちゃんが？」

「うむ。魔法でパパッとな。スイは水竜公であるゆえ、水魔法は得意なのである」

「スイちゃん、かっこいい！」「すごい！」

「そうでも……あるのである」

あたしとサラに褒められて、スイは嬉しそうに尻尾を振った。

「そうときまれば、ダーウを呼ぼう。ダーウ、でておいでー」

「ダーウ！　スイちゃんがお湯で洗ってくれるって」

あたしとサラが呼びかけながらダーウが駆けて行った方へと歩いて行く。

「あ、ダーウいた！」

しばらく歩いて、あたしたちはダーウを見つけた。

泥だらけのダーウが、庭から離れた木々の隙間からこちらをじっと見つめていた。

「スイちゃんが、つめたい水じゃなくて、あったかいお湯であらってくれるって」

「わふ～」

だが、ダーウは動かずに、こっちに来てと鳴いていた。

「ダーウどした？」

あたしたちが近づこうとすると、

「お嬢様、お待ちを」

どこからともなく護衛の従者が現われた。

従者は、ずっと隠れてあたしたちを見守ってくれていたようだ。

「それ以上は庭の範囲を超えております」

「そっかー。そかも。トマス、どのあたりまでいいの？」

その従者の名前はトマスという。

たしか、平民出身だが、父親は騎士の従士を務めていたらしい。

とある剣術大会で優勝し、父に抜擢されたとても優秀な従者とのことだ。

「お嬢様。あの木までが庭の範囲でございます」

「そっかーわかった、ありがと！」

あたしたちが許可されたのは庭で遊ぶことだけだ。

「ダーウ、こっちに来て！　そっち行けないからね！」

「ぁぅ？」

「湖にいれないからあんしんして」

「わぁぅ」

ダーウはそういうことならと、ゆっくり出てくる。

「……全身どろだらけですね」

トマスもダーウの惨状を見て呆れていた。

「そなの。ちょっと、はしゃいじゃったみたい」

「今朝の散歩の時は、はしゃいでいなかったので、やはりお嬢様と一緒だと楽しいのでしょう」

「そかな？」

今朝、ダーウは朝食前にトマスと一緒に散歩していたのだ。

「ルリア、サラ、見ているがよいのである。これがスイの力であるぞ！」

そう言って、スイはなにもないところから水球を作り出す。

「おお～さすがスイちゃん！」「スイちゃんすごい！」

あたしとサラがそう言うと、トマスも「見事なものですね」と感心していた。

「えへへ、だが、まだまだ、これからであるぞ」

照れながらスイは魔法を操る。巨大な水球から湯気が出る。

「おお～お湯になった」「あったかそう！」

「ダーウ、温度を確かめるがよいのである」

「わふ～」

ダーウは右前足でちょんと水球をつついた。

「ちょうどよいであろう？」

「わふ！」

「ではいくのである！」

ダーウの全身が水球に包まれる。

「わふ～～」

ダーウは気持ちよさそうだ。

「ダーウはお風呂がすきだものなー」

お風呂が好きか嫌いかは、その犬によって異なるが、ダーウは基本的に風呂が好きなのだ。

湖に入りたくなかったのは冷たすぎるからだ。

「ダーウ、頭を洗うから、目をつぶるのである」

「わふ～ぶくぶくぶくぶく」

ダーウは目をつぶって、水球に顔を覆われると、ぶくぶくして遊んでいた。

「これでよしなのである！」

水球が消えると、そこには真っ白でモフモフなダーウがいた。

「スイちゃん、ありがと、あとでやりかたおしえて！」

「任せるのである」

「ダーウ、モフモフだー」

サラにぎゅっと抱きつかれて、ダーウも嬉しそうに尻尾を振った。

「流石は水竜公ですね。良いものを見せていただきました」

トマスも心から賞賛する。

「えへへー」

そんなことを話していると、
『ルリア、森の中に知らない人がいるのだ！』
突然クロが目の前に現われた。
クロは羽の生えた黒猫の姿をしている当代の精霊王だ。ちなみに尻尾は二本ある。
基本的に、人は精霊の姿を見ることができない。
精霊を見る才能のあるサラでも、猫ではなく光の玉としてしか認識できないほどだ。
それゆえ、クロたち精霊は他の人の目があるところでは基本的に出てこない。
庭で遊んでいる間、クロたちが出てこなかったのは、トマスの目があったからだ。
『怪しい人なのだ。すぐに屋敷に戻った方が良いのだ！』
そんなクロがわざわざ出てきたということは非常事態と考えた方がいい。
近くにトマスがいるので、あたしは返事をせずに周囲を窺う。
キャロ、コルコ、ロアも周囲を警戒し始める。
サラにモフられて、だらしない表情をしていたダーウも一気に真剣な表情になった。
ダーウは子犬だが、いざというときには、とても頼りになる。
「どうしました？」
あたしとダーウたちの気配が変わったと気づいたトマスが尋ねた次の瞬間、
「めぇ～」
巨大な黄金色のヤギが木々の間からぬっと顔を出す。

そのヤギはいつもは父の屋敷の近くにある森に住んでいる守護獣だ。

あたしを追いかけて、猪や牛の守護獣たちと一緒にこっちに来てくれている。

「ヤギどうした？」

「めえ～」

「わかった。あんないして」

ヤギは人が倒れているという。

『待つのだ！　怪しいから、近づかない方がいいのだ！』

「安心するのである。我がいるのだからな！」

『全然安心できないのだ！』

スイはクロと会話を始める。

「水竜公？」

トマスが怪訝な表情でスイを見つめている。

「ああ、スイは水竜公ゆえな。動物の声が聞こえるのである」

スイは精霊ではなく、目の前にいる巨大なヤギと会話しているふりをした。

「おお、流石は水竜公！」

トマスはあっさり信じたようだ。

「人が倒れているらしいからな。助けに行くのである」

そう言って、スイはどんどん森の中へと歩いて行く。

その後ろをあたしとサラは付いていった。

「ルリアお嬢様、お待ちを！」

「またない！　人をたすけないとだからな！」

「そうはいきま……ダーウどきなさい！」

「わふ」

トマスはあたしを力尽くで止めようとしたが、ダーウが口でくわえて防いでくれる。

『ルリア。従者の人のいうとおりなのだ！　怪しい人に近づかない方がいいのだ！』

「めえ～」

『お前はまたそんなこといって。責任取れないのだ！』

ヤギは「大丈夫、殺気は感じない」と言っていた。

『そなたも守護獣ならば、ルリアの安全を第一に考えるのだ！』

「め～？」

ヤギはあたしなら人を助けたいと思うはずだと言っている。

「……ん。ヤギのいうとおりだ」

あたしはトマスに聞こえないぐらい小声で返事をした。

『んー！　もう、クロの気もしらないでなのだ！』

「クロもありがと」

あたしは小声で返事をして、宙に浮かぶクロを抱きよせた。

「ごめんね？」

『……ん』

あたしたちは二分ほど歩いて、倒れている人を見つけた。

その人の周囲には守護獣の猪と牛がいる。

「ぶお……」「もお……」

どうやら倒れた人を見つけて、猪と牛が見守り、ヤギがあたしを呼びに来てくれたらしい。

「みんな、ありがと」

「お嬢様、危ないです。離れてください！」

「ばうばう～」

トマスはダーウに咥えられているので、あまり近くに寄れないでいる。

「すまぬな。サラちゃんもすこしはなれてて」

「うん。気をつけて、ルリアちゃん」

「スイがいるから、なにも怖いことはないのである！」

『本当に、頼むのだ』

あたしは倒れている人をしっかり観察する。

その者は黒っぽいローブを着てうつ伏せに倒れており、顔が見えないので年齢はわからない。

ただ、背は高いので、きっと男に違いない。

そして、倒れている人はとにかく臭かった。

「なんのにおい？」

「ばうばう！」「ぶぼぼ」

「うんちかー」

ダーウと猪が、人と馬のうんちが発酵した臭いだと教えてくれた。

臭いうんちが、服に沢山付いていているらしい。

「もお～」

牛は肥料を作ってる人ではないかと言う。

「そっかー。こえだめかな？」

「お嬢様、なぜ肥だめなど知って、いえ不潔です！　離れてください！　私が叱られます！」

「すまぬな？」

トマスの言いたいことはわかる。だが汚れるからといって倒れている患者を放置できない。

「だいじょうぶか？」

あたしは、声をかけながらその患者を仰向けにする。

手にうんちが付いて、すごく汚いが気にしてはいられない。

「お嬢様！　離れてください！　うつります！　ダーウ離せ！」

トマスが絶叫して、駆け寄ろうとするが、ダーウに防がれる。

患者の顔には、大きな腫れ物がいくつもできていた。

腫れあがりすぎて、元の顔がわからないほどだ。

腫れ物はひどく膿《う》んでおり、うんちとは別の悪臭を漂わせている。

「ダーウそのままたのむな？」

「ばう」「お嬢様！　お願いですから離れてください！」

マリオンがかかった赤痘《せきとう》のこともあるので、トマスが危機感を持つのも当然だ。

だが、あたしは、前世の頃、治癒魔法で大量の疫病患者を治療し続けた経験がある。

だから診察も治療もお手の物だ。

前世の頃は栄養が足りなくて、魔力も枯渇して病気で死にかけたこともある。

だが、今のあたしは栄養たっぷりだし魔力の余裕もあるので、もし病気になっても自分で治せる。

「……ちらっ」

あたしはクロを見た。

クロはあたしが魔法を使うのを嫌がる。背が伸びなくなるらしい。

でも、人命の方が大事だ。

「だいじょうぶ、でも、サラちゃん、離れて」

「うん」

サラが病気にならないよう、近づかないように念を押す。

「あ……あ……。あ……」

患者には辛うじて意識があった。あたしのことをすがるような目で見つめる。

その目は綺麗な青で、とうさまの目に似ていた。

何かを話そうとする患者のうんちまみれの手を優しく握る。

「むりに話さなくていい」

「あ……あ……」

声帯が傷ついているのか、患者は言葉を話せないらしい。

目に涙を浮かべながら、うんちまみれの手で、あたしの袖をぎゅっと握る。

「お嬢様から手を離せ！」

トマスは目の色を変えている。あたしを危険から遠ざけることが従者の仕事なのだ。

「トマス、ごめんね。でも大丈夫。ダーウ、ヤギ、キャロ、コルコ押さえておいて」

「ばうばう」「めえ〜」「きゅきゅ」「こぅ」

「離さぬか！」

トマスに謝って、あたしは診察を開始する。

「もう、大丈夫だからね。話さなくてもいいよ」

優しく声をかけながら、患者の様子を目で確認する。

うんちまみれだからよくわからないが、きっと五十から六十歳前後だとあたしは思った。

年の割に筋肉質だが、衰弱しきっている。

「スイちゃん、きれいにできる？　見えにくくて」

さっきダーウにしたように、魔法でうんちをきれいにできないかと思ったのだ。

「できるが、体力がないと危ないのである」

「あ、そっか」

お風呂に入るのは体力を使う。

衰弱しきった病人をお風呂に入れるのは少し危ないかもしれない。

「とりあえず、ふくをぬがせて……あれ？　これぼたんどこだろ？」

患者の服はうんちまみれのせいか、ボタンが見つからない。

「……てつだう。ロアちゃん、ミアを持ってて」

ミアというのは、サラがいつも持っている棒人形の名前だ。

「りゃむ！」

ロアは真剣な表情で、サラからミアを受け取る。

「サラちゃん、はなれて」

「はなれない。ルリアちゃんもはなれないでしょ？」

そう言って、サラは患者の顔に付いたうんちをハンカチで拭う。

あたしはハンカチとか持っていないが、サラはちゃんと持っているのだ。

「こういう服は、このあたりにボタンが……ね？」

サラは手際よくうんちまみれの服のボタンを外し、肌着をずらし、お腹を出させる。

お腹にも腫れ物が大量にできて、膿んでいた。そのうえ素肌までうんちまみれだ。

やっぱり、肥だめの類いに落ちたのだろう。

「あ……あ…………。ああ」

患者は涙をこぼす。

全身に腫れ物ができて、苦しんでいるときに肥だめに落ちるとは。

なんて可哀想なのだろうか。

「だいじょうぶだよ。肥だめにおちるとかなしいものなぁ」

「ルリアちゃん、肥だめにおちたことあるの？」

「……………なんというか、きもちはわかる」

前世のことだし、トマスが聞いているので、落ちたことがあるとは言えなかった。

あたしを虐めていた従妹の王女に、突き落とされたのだ。

本当に臭かった。傷にすごく染みるし、ばい菌が入って腫れあがるのだ。

あたしが治癒魔法の使い手でなければ、肥だめに落ちたことで死んでいたかもしれない。

「でも、だいじょうぶ。すぐ治るからな」

「よいしょよいしょ。スイちゃん、おねがい。服をきれいにして」

「任せるのである」

サラは男の服を下半身の下着以外全部脱がせると、スイに手渡した。

スイは水球を巧みに使って、衣服をきれいにしていく。

同時に、サラはハンカチをスイにきれいにしてもらいながら、うんちを拭っていく。

「てつだう」

あたしも袖を使って、うんちを拭う。

汚れると、すぐにスイがきれいにしてくれる。

あたしとサラが、肌に付いたうんちを大体綺麗にすると、

「下着ぐらいなら、着せたまま洗っても、大丈夫であろ」

スイは患者の履いているうんちまみれの下着をきれいにしてくれた。

うんちを除去し、素肌が見えるようになると、症状がかなり重いことがわかる。

全身を覆う腫れ物は、数え切れないほどだ。

腫れ物の大きいものはあたしのこぶし大もあり、小さいものは小指の爪の先ほどだ。

その全てが膿んでおり、じゅくじゅくと血を滲ませている。

その状態でうんちまみれだったのだから、かなりまずい状況だと言っていいだろう。

腫れ物から、体内の血の中に汚れたものが入りかねない。

清潔なはずの体を流れる血の中に、汚れたものが混じると人は死ぬのだ。

「ア……ア……あぁ」

「さむいか？　すまぬな？　もう少しだからね。サラちゃん、服をきせてあげて」

「うん、わかった」

服を綺麗にして初めて気づいたが、服自体は上等なものだった。

あたしも少し服を着せるのを手伝ってから、従者に言う。

「トマス、みなかったことにしてな？」

「お嬢様なにを……」

あたしは返事をせずに、魔法で診察を開始する。

人前で魔法は使うべきではない。

だが、ここで治療しなければ、多分、一時間もたたずに患者は死ぬだろう。猶予はない。

「ふうむ？」

あたしも知らない症状だった。

喉にまで腫れ物ができており、呼吸も辛い状況だ。

しゃべれないのは、そのせいだ。

そのうえ、胃の中には寄生虫がいて、胃壁を食い破ろうとしている。

だが、腫れ物は、寄生虫が原因ではない。

「……原因はなんだろ？　あ……」

診察して、体内の奥の奥まで調べて初めて気づけた。

呪いの気配がある。

「どういうこと？」

いままで、呪いならすぐに気づけた。だが、じっくり調べるまで気づけなかった。

あたしはクロの目を見る。

『どしたのだ？』

「……のろわれてる」

トマスにも聞こえないほど小さな声でぼそっと言う。

聞こえた人は、サラと患者本人だけ。

もっとも、患者は苦しんでいるし聞いている余裕はないに違いない。

『そんなはずは……あ！　本当なのだ』

クロでも気づけないほどの呪い。しかも効果は凄《すさ》まじいものだった。

呪いだと気づかれなければ、適切な治療を受けることはできない。

あたしも呪いだと気づかなければ、怪我の治療や病気の治療をしただろう。

そうなれば、一瞬良くなったように見えても、数時間後に悪化して死ぬ。

そのときは、体の中に入ったうんちから腐り始めて、耐えがたい苦しみが襲うだろう。

死んでも全身から悪臭を放ち続け、まともに埋葬してもらえるかもわからない。

この患者を絶対に苦しめて、殺してやるという強い意志を感じる。

「だけど、もうだいじょうぶだからな？　もうすこしだけまってな？」

「ぁ……ぁ……」

「ちょっといたいかもだけど、がまんしてな？」

「………ぁ」

「サラちゃん、手を握ってあげて」

「うん」

サラは患者の手をぎゅっと握る。

すると患者はサラの顔を見て「ぁ……ぅ……」と呟いて涙をこぼした。

「……クロ、力をかして」

あたしはトマスに聞こえないぐらい小さな声で囁く。

『……こうなったらしかたないのだ。まかせると良いのだ』

「ありがと」

クロも人命がかかっていると理解しているので、すんなり協力してくれることになった。

「いくよ」

あたしはまず解呪からすることにした。

いままでは「えいっ」と気合いを入れたら解呪できたが、今回は体の奥の奥にある。

「あんしんしてな？　あたしはこういうのとくいなの」

あたしは五歳だが、ものすごく大量の患者を癒やしたという前世の経験がある。

体の中をいじるのは得意なのだ。

患者の魔力回路の奥の奥、隠された位置にある呪いの核を探り出して、

「えいっ」

とクロから借りた力をぶつける。

「う……ぐぅ……」

解呪は成功したが、患者は苦しそうに口から黒い腐った悪臭のする血を吐いた。

ここからは時間との勝負だ。

だが、患者は苦しみのあまり痙攣《けいれん》する。

「サラちゃんおさえて！　スイちゃんとタロとトマスもこっちきておさえて」

「うん！」「まかせるがよい」「わふ」「え？　何を？」

「いいから！」

「わ、わかりました！　とにかく押さえます！」

ビクンビクンと暴れる患者はサラの手に余る。

サラが右手を握り、スイが肩を押さえる。

タロの前足が足を押さえてくれて、トマスが胴体を押さえてやっと痙攣が治まる。

「ふうぅぅ」

あたしは大急ぎで体内を浄化していく。

傷を癒やし、汚染された血を浄化し、傷ついた内臓を癒やしていく。

そのすべてを同時にやらなければいけないのだ。

前世で沢山の患者を癒やしてきたが、その中でも一二を争うほど、今回の治療は難しい。

「ぬぬぬぅぅぅぅ！」

『頑張るのだ！』

「ふおおおおぉぉぉぉ！」

体の奥から癒やしていき、徐々に外側へと治療が進む。

この前クロに教えてもらったのだが、あたしの魔法は魔力ではなく精霊力を使うらしい。

その日から、あたしはクロから教えてもらった精霊力を使う訓練をしている。

「なんかちょうしがいい！」

きっと訓練のお陰だろう。すごく難しい魔法なのに、うまくできている。

「ルリアちゃんがんばって！」

サラに応援されて、あたしはますます頑張った。

「ふおおおお！」

「おお！　腫れ物が消えていく！」

押さえながら、トマスが叫んだ。

最奥から始まった治療が、体表に達したのだ。

患者の全身を覆っていた腫れ物が、すうっと消えていく。

「ふう……これでおわり」

これで、患者は大丈夫だ。しばらく休めば元気になるはずだ。

ものすごく疲れた。

あたしが大きく息を吐いて、ぺたんと後ろにお尻をつけると、

「ルリアちゃん、えらい。いいこいいこ」

サラが頭を撫でてぎゅっとしてくれた。

「えへへ、ありがと」

『しばらくやすんだほうがいいのだ！　背が伸びなくなるのだ！』

クロが怖いことを言う。

今回ばかりは、あたしもしばらく大人しくしていなければなるまい。

背が伸びなくなるのは困るからだ。

「ばうばう」「きゅ〜」「こっこ」

ダーウ、キャロ、コルコも褒めてくれるし、

「りゃ〜」

ロアはあたしの肩に乗ると、頭を撫でながらぎゅっと抱きしめてくれる。

きっとロアはサラを見て、褒めるにはこうしたらいいと思ったのだろう。

「うむうむ。流石はルリアである。よいぞよいぞ」

スイは気絶したままの患者を調べながら言った。

「あのね、トマス。あたしがしたことはないしょな？」

「……それはできぬ相談です。私は大公殿下の臣下ゆえ」

「そっかー、しかたないなー。でもとうさまとかあさま以外にはないしょな？」

「はい、それはもちろん」

父と母に怒られるだろうが、仕方ない。

人の命を救えたのだから、あたしが怒られるぐらいはなんてことはない。

「サラも一緒にあやまるね！」

「ばうばう〜」

「ありがと、サラちゃん、ダーウ」

「スイもとりなしてやるのである！　それよりルリア、サラ、きれいにしてやろう！」

スイはそう言って温かい水球を二つ作って、あたしたちをそれぞれ包み込む。

いや、水球と言うよりもお湯球と言った方が良いのかもしれない。

「おおー。あったかい！」

「ふわあ！　きもちい！」

「ほれほれ、髪の毛も洗うから目をつぶるが良いのである」

あたしとサラが目をつぶると、頭までしっかりお湯に包まれる。

「よし、これで終わりである」

お湯球が消えると、あたしとサラの服も髪も、全部綺麗になっていた。

そのうえ、しっかり乾いている。

「ありがと！　スイちゃん」

「スイちゃんはすごいねえ。ありがと」

「へへへ。トマスとやらも綺麗になっておくがよい」

「お、おお！　ありがとうございます！　これは心地が良いですね」

「そうであろそうであろ」

スイがトマスを綺麗にしている間、あたしは患者の様子を観察する。

まだ気絶しているが、呼吸も安定しているし、辛そうでもない。

しばらく休めば目を覚ますだろう。

「ふむ？　こうしてみると……」

腫れ物が消えた患者の顔はどこか父に似ている気がしなくもない。

今は目を閉じているが、目の色も父にそっくりだった。

うんちを落としてよく見れば服も高そうだ。もしかしたら親戚の誰かかもしれない。

「よーし、トマスも綺麗になったのである！」

「ありがとうございます。水竜公」

スイがトマスをお湯球で綺麗にし終わる頃には、

「ばうばう」「きゅぅ」「ここ」「りゃむ」「めえ」「ぶぼ」「もぅ」

ダーウたちが、トマスの後ろに並んで洗ってもらうのを待っていた。

「しかたないのであるなー」

スイは嬉しそうに尻尾を揺らしながら、ダーウたちも洗い始める。

「わふ～」「きゅきゅ～」「こ～」「りゃあ～」「めえ～」「ぶぼ～」「もぅ～」

ダーウたちも気持ちが良さそうだ。

「スイちゃんのお湯は、温度がちょうどよくてきもちいいよね」

「うん。すごくきもちがいい」

「まったくです」

毛のないロア以外、洗われたダーウたちはモフモフになった。

「りゃあ～」

ロアは嬉しそうにヤギや猪、牛の毛に顔を埋めに行った。

「ルリアも――」

うらやましくなったあたしも顔を埋めに行こうと思ったのだが、

「ルリア、どうする？　こやつも洗っておくべきであるか？」

スイに患者を洗うべきか尋ねられた。

「あ、そっか。そだね。まだちょっと臭いし……」

患者の服は、治療の前にスイが綺麗にしてくれた。

それにあたしとサラが一生懸命、皮膚に付いたうんちを拭ってある。

しかもただ拭ったわけではなく、スイの綺麗な水を布につけて拭ったのだ。

それでも、まだ臭い。皮膚にこびりついたうんちは根強かった。

「臭いだけならいいけど、きたないと体にわるいし、スイちゃん、おねがいできる？」

それに不潔なままだと、ちょっとした傷から炎症を起こしたりする。

治療前はちょっとしたことで死にそうなほど弱っていたが、今なら大丈夫だろう。

「任せるのである！」

仰向けで横たわった患者の全身をお湯球が包む。

「目はつぶっているから……ルリア、鼻をつまんでやるといいのである」

「わかった！」

あたしが患者の鼻をつまむと、顔もお湯球に包まれる。

「スイちゃんのこれ、ほんとうにすごいなぁ」

お湯自体に浄化の魔法がかかっているので効果が高い。

消毒薬と洗剤のいいとこ取りみたいな感じだ。しかも、目とか鼻に入っても染みない。

「ふふふ、もっと褒めると良いのである！」

「傷をきれいにするのにもつかえそう」

全身を覆わなくても、傷口だけをこれで覆うのでも、効果は高い。

「……ごぼ？　ごぼぼぼ（む？　ここは）」

「あ、目がさめた？」

患者は目を開けて、混乱した様子で暴れかけ、

「大人しくするがよい。すぐに終わるゆえな」

スイが宥めながら、お湯球を小さくしていく。

「これでよかろう。ルリア、どうだ？」

患者の鼻をつまんでいた手を離すと、あたしはくんくんと患者の臭いを嗅ぐ。

「ん、大丈夫。もう臭くないよ」

「ふんふんふん」

あたしの真似をしてくんくんしたタロも臭くないと言っていた。

お湯球から出てきた元患者は、あたしを見て、自分を見て、もう一度あたしを見る。

「……治っている」

「うん。もうだいじょうぶだよ？」

「……ありがとう……ございます」

元患者はゆっくりと丁寧にお礼を言った。

「よかった。あ、お腹すいてる？　なにかたべものが……あったような」

「大丈夫です。ありがとうございます」

元患者は何度もお礼を言う。

物腰が柔らかくて、とても丁寧な人だった。

「お主、どういう経緯でここにきたのであるか？　呪われて肥だめに落ちたのか？」

「……よくわかりませぬ」

「呪われる心当たりはないのであるか？」

「……お恥ずかしながら、ありすぎてわかりませぬ」

「そっかー。お主も苦労しているのであるなー」

スイはうんうんと頷いている。

「こんなところで、どしたの？」

あたしとしては、湖畔の別邸の近くにやってきた理由を知りたかった。

父か母に用事があったのかもしれないと思ったのだ。

「……えっと、少し道に迷ってしまって」

「なんと！　おうちわかる？　一人でかえれる？」

「はい、ありがとうございます」

あたしはじっと元患者の顔を見る。

やはり、父に顔が似ている。特に優しそうな目がそっくりだ。

「あの、親戚に――」

「わふわふ！」

そのときダーウが「誰かいる」と吠えた。

「ダーウ、誰がいるの？　てきか？」

あたしはそう言いながら、サラを背中に隠す。同時にスイとトマスが身構えた。

数秒後、姿を現わしたのは商人ぽい格好の男二人だった。

「ああ、ご心配をおかけしました。私の迎えが来たようです」

元患者がそう言った。

「だいじょうぶ？　信用できるひと？」

元患者は呪われて、肥だめに落とされ、こんなところに放置されたのだ。

そのときに迎えに来ず、治ってから迎えに来るとは信用できるのか心配になった。

元患者が迎えの二人をじっと見る。すると、二人は無言で跪いた。

「大丈夫なようです。ご心配をおかけしました」

「そっか、もし困ったことがあったら、いつでもルリアに……、いやとうさまに言うといい」

「はい、ありがとうございます。何から何まで……」

そう言うと、元患者はあたしの手を両手でぎゅっと握る。

「このご恩は一生忘れませぬ。ルリア様は命の恩人です」

「きにするな！」

次に患者はサラの手を取り、同様にお礼を言った。

「サラはルリアちゃんを手伝っただけで……」

「いえ、なかなかできることではありませぬ。感謝を」

続いてスイやトマスにも丁寧にお礼を言った。

「また、近いうちに。ありがとうございました」

「うん、げんきにな？」

「あの、ルリア様」

「どした？」

元患者は真剣な目であたしをじっと見つめた。

「どうして私を助けてくださったのですか？」

「どうしてって」

「汚物にまみれた、ただの老人を、なぜ？　何の得もないではありませんか」

「うーん？　りゆうなんてないけど……」

元患者は、まだあたしを見つめ続けている。

その目が真剣かつ必死すぎて、あたしも、なんとか説明した方が良い気がした。

「えっとだな。たとえば子犬が……」

「子犬が？」

「はしゃいだ子犬が、井戸に落ちかけたら、とっさにたすけるでしょ？」

誰だってそうするはずだ。

助けたら子犬の飼い主からお礼をもらえるかもとか考えず、咄嗟に手を伸ばすはずだ。

「…………」

元患者は真剣に考えている。子犬はわかりにくかったかもしれない。

「子犬じゃなくてもいいよ。子猫とかあかちゃんでもいい」

井戸に子猫が落ちかけていたら、赤ちゃんが落ちかけたら、咄嗟に手を出して助けるものだ。

「井戸じゃなくてがけでもいいけど。とにかくとっさに手がでるでしょ？」

「……はい。…………その通りですね」

元患者はどこかつきものが落ちたような表情になった。

「ありがとうございます。ルリア様。そして皆様」

最後に笑顔で頭を下げると、元患者は二人の迎えと一緒に帰っていった。

「ルリアちゃん！　助けられて良かったね！」

「そだなー。でも……」

あたしはちらりとトマスを見る。

「かあさまにおこられる」

「お嬢様。私も心苦しいのですが、怒られてください。非常に危ない行為でした」

「ごめん」

そんなあたしを元気づけようとしたのか、スイがわしわしと頭を撫でてくれた。

「ルリアはえらいのである！　スイも一緒に謝ってやるのであるぞ！」

「わふわふ！」「りゃあ～」「きゅっきゅ」「こここ」

「うん、サラも一緒にあやまるね！」

みんな一緒に謝ってくれるという。心強い限りだ。


それから、あたしたちはヤギ、猪、牛を撫でまくる。

「めええ」「ぶぼぼ」「もお～」

「せなかにのってほしいの？」

「めえ～」

あたしとロアとサラがヤギの背に乗り、トマスは猪の背に乗り、スイは牛の背に乗った。

ダーウの背にはキャロとコルコが乗っている。

そして、あたしたちはそのまま屋敷に向かって歩いて行った。

「ふわー、高いねえ」「りゃむりゃむ！」

サラの尻尾がバサバサ揺れる。ロアが羽をバサバササせて喜んでいる。

「サラちゃんは、たかいところ、怖くないの？」

「ちょっと怖いけど、楽しい！　ルリアちゃんは？」

「あたしもたのしい！」

「めぇえ〜〜」

ヤギが嬉しそうに鳴いた。

「ぶぼぼ」「もぉ〜」

「うん、今度はいのししと牛のせなかにものせてな？」

「ぶぼ」「も」

森を抜けると、一気に視界が開ける。

ヤギの背は高いので、いつもとは見え方が全然違う。

「ふわ〜。湖が綺麗だねー」

「ほんとにね！」

湖面が日の光を反射してきらきらしていた。

強めの涼しい風もとても気持ちが良い。

あたしはヤギの背の上で立ち上がって、腕を組む。

「ルリアちゃん？　どうしたの？」

「ん？　かっこいいポーズ」

猪の背に乗ったトマスが慌てる。

「お嬢様！　危のうございます！」

「トマス、案じなくても良いのである！　落ちたらスイが助けるゆえな？」

「本当におねがいしますよ。水竜公」

そんな声を聞きながら少し気になった。

あの患者は、一体誰なんだろう。なんで、あそこにいたのだろう。

そもそも、あの呪いは何だろうか。

「うーん、わからないな？」

考えてもわからないことは、仕方ないので後回しにすることにした。

◇◇◇◇

ルリアがスイを助けた日の午後。国王ガストネは苛立っていた。

国王の執務室にいるのは、ガストネの「影」の長だけだ。

「影」とは、ガストネ直属の王の護衛と情報収集を担う精鋭部隊である。

「要領を得んな」

不機嫌さを隠さないガストネに対し「影」の長が平伏する。

「……申し訳ありませぬ」

先日、ガストネは「影」にルリアを調べよと命じた。

「簡単な仕事のはずだな？」

だというのに、「影」は失敗した。

「時間の猶予もないというのに」

グラーフがルリアを連れて参内するまでに、全ての情報を手に入れる必要がある。

情報は重要だ。情報がなければ、あらゆる面で後手に回りかねない。

自分の思うように事態を進めるために、情報は不可欠なのだ。

「しかも、この報告はなんだ？　化け物が出たが、消えたと？」

「その通りです。その後も調べようとしたのですが、動物たちに邪魔をされ……」

ルリアの周りにはヤギたちをはじめとした守護獣たちがいる。

守護獣たちは、ガストネの「影」の動きを怪しいと考えて、妨害したのだ。

「情報が漏れているということか？」

「そんなはずは……」

これまで湖畔の別邸を張っていた「影」は一人だけだった。

それも、気配を消して遠くから様子を窺っていただけだ。

だが、先日からガストネの命でルリアを探る「影」の数が五人に増えた。

そのうえ、より詳細な情報を得るために、物理的に距離を縮めている。

それをルリアを陰ながら守護しつづけてきた守護獣たちが見逃すはずもない。

鳥たちが「影」を見つけだし、牛や猪が突き飛ばし、ヤギが踏みつけた。

結果、這々《ほうほう》の体《てい》で「影」は逃げ帰ることになったのだ。

だが、そんなことはガストネにわかるはずもない。

猜疑心の塊のようになっているガストネは、ついに「影」の中にも裏切り者が出たと考えた。

「漏れていなければ、なぜ急に妨害される？　余とそなたたち以外知らないはずではないか！」

「申し訳ありませぬ」

「影」が手に入れることができたのは暴れるスイの存在と、それが消えたことだけだ。

「使えぬ奴らだ」

「………」

「影」の長は弁解しない。弁解しても意味がないからだ。

そして、一人、ガストネは考える。

（化け物とはなんだ？　消えたというのは聖女の力によって退治されたということか？）

ガストネが考えてもわからなかった。

そもそも、化け物というのが存在したのか、そこからして疑わしくなる。

「情報が欲しいな」

「御意。今から部下を」

「必要ない。余自ら行く」

「いまなんと？」

「影」に裏切り者がいるならば、正しい情報が上がってくるはずもない。

ならば、自分で情報を得るしかない。ガストネはそう考えた。

「……お待ちを。危険です」

「影」の長の忠告は正論だ。王自ら情報収集など、危険極まりない。

「それゆえ今から行く」

事前に計画を立てれば漏れる可能性が高くなる。

突発的かつ衝動的に動いた方が、敵は狙いを定めることができず却《かえ》って安全だと考えた。

自覚はなかったが、ガストネは猜疑心が高まりすぎて、冷静さを欠いていた。

「二人だけだ。絶対に裏切っていない者、二人だけ選べ」

「……御意」

命令に逆らうことはできない。

「影」の長が、特に忠義に篤い者二人を選ぶと、ガストネは王宮を出た。

日が沈む前に、ガストネは粗末な馬車に乗り、湖畔の別邸へと向かう。

「……どいつもこいつも」

信用できない。そのうえ使えない。愚か者ばかりだ。

裏切り者を出した「影」を総入れ替えすべきかもしれぬ。

ガストネがそんなことを考えていると、ドンッという衝撃に襲われ、馬車が転がった。

「……な、なにが」

額を切って血を流しながら、ガストネは横転した馬車から這い出した。

「陛下、お会いできて光栄です」

すると五人の黒ずくめの者に囲まれていた。

服はフード付きの黒いローブで、靴も剣も、身につけている物、全てが真っ黒だ。

顔まで黒いマスクで覆われている。性別も種族もわからない。

声は男にしては高く、女にしては低い。きっと魔法で変えているのだ。

「お逃げくださ――ぐあっ」

ガストネを命がけでかばおうとした「影」は、あっさり倒される。

精鋭である「影」ですら倒すほどの敵だということだ。

「お主ら……」

二人の「影」は逃げられただろうに、ガストネをかばおうとした。

少なくとも自分を裏切っていなかった「影」二人を目の前で失ってしまった。

「……お前たちは何者だ。余に何の用がある」

「陛下に恨みを持つ者ですよ」

そう言うと、黒ずくめの者たちはガストネの頭を押さえつけ、口を開かせる。

そして口の中に、蠢く蛭のようなものを突っ込んだ。

「ぐご、ごぼぉ」

吐き出そうとしたが、蛭のようなものは自ら体内へと侵入していく。

「これで陛下は呪われました」

「呪い……だと？　ぐ。うぐううう」

腹の奥が耐えがたい痛みに襲われる。

吐きたいのに吐けない。頭が、関節が、筋肉が、内臓が、痛い。体の芯から寒い。

手足が痙攣して力が入らない。

「うぐがああ」

全身の皮膚が耐えがたいほどかゆくなったと思うと、腫れ物ができていく。

黒ずくめの者たちは鏡を使って、わざわざガストネに変化した自分の顔を見せる。

「これで、もう陛下を陛下と認識できる者はいませんよ」

「ぁ……あっ」

「声も出せないでしょう？　声帯も腫れあがっていますからね」

黒ずくめの者たちは本当に楽しそうに嘲笑する。

これで、ガストネをガストネと証明する方法がなくなった。

手が痙攣しているので筆跡で証明することも不可能だ。

「ぁ……」

「これで終わりではないですよ？」

黒ずくめの者たちはガストネを耐えがたい悪臭のする壺の中に頭から突っ込んだ。

「ごぼぉっごぼっ！」

汚物が目、耳、鼻や口から入る。汚物が腫れ物に染みて、耐えがたい痛さだ。

汚物で窒息しそうになったころ、引き出される。

「げぉぉぉ……」

体は汚物を吐こうとしたが、吐けなかった。きっとそれも呪いの効果なのだろう。

「……ぁ……ぁ」

なぜ、こんなことを。そう尋ねたかったが、声が出なかった。

「陛下は汚物にまみれて、誰にも知られず、苦痛の中、惨めに死んでいくんですよ」

「……ぁ」

「こんなに臭くて汚い老人など、誰も助けませんからね」

「…………」

「孤独で惨めな死が陛下にはお似合いです」

楽しそうに黒ずくめの者たちは笑った。

「……ぁ」

だが、ガストネにはかすかな希望があった。

ガストネが行方不明になったら、「影」の長が駆けつけるという希望だ。

「影」の長ならば、魔法で捜し出し、見つけ出してくれるはずだ。

「そうそう。呪いの効果の一つに、陛下の存在を隠すというものもあります」

「………ぁ？」

「仮に陛下を魔法で捜している者がいたとしても、見つけ出すことはできませんよ」

「…………」

「まあ、陛下は人望がないので、捜す者などいないかも知れませんがね」

そう言っては黒ずくめの者たちは笑った。

そして、黒ずくめの者たちは街道から離れた森の中にガストネを放置した。

「……ぁ」

日が沈み周囲が暗くなっていく。

森の中、生物の気配はするが、近づいてこない。

苦しくて痛くて寒い。全身の腫れ物が耐えがたいほどかゆい。

「………ぁ」

黒ずくめの者たちの言うとおりだ。

王だとわからない自分を、助ける者はいないだろう。

そのうえ、今の自分は汚物まみれなのだ。

このような汚物まみれの老人を助ける者などいるはずがない。

人は自分に得がなければ、人を助けたりはしないものだ。

「………」

自分の人生はなんだったのか。幼少期から、命を狙われ続けた。

親、叔父、祖父母、兄弟姉妹、息子たち、腹心も全て信用できなかった。

それでも、民にとって良い王であろうとした。

恨みを買っている覚えはある。

大貴族だろうと、法を破れば、容赦なく罰した。

だが、それも、身分を笠に着て、民を虐げていたから罰したのだ。

「…………ぁ」

神よ、私のしたことは罪深いことだったのでしょうか。

こんな報いを受けなければならないほど、罪深い人間だったのでしょうか。

「……ぅぅ」

声を出せないガストネは、森の中で、一人泣いた。


明け方になって、ガストネは守護獣のフクロウに見つかり、牛に運ばれた。

しばらくの間、守護獣たちの間で会議が行なわれた。

「ぶおおお」「めぇぇ〜」「もおお！」「ほほぅ！」

議論は白熱した。

議題は人命を重視すべきか、ルリアの安全を重視すべきかだ。

猪は「死にそうな人を見つけるたびにルリア様を呼ぶのか。それは不可能だ」と主張する。

ヤギは「それでもルリア様なら、助けたいと考えるはずだ」と主張した。

議論の果て、精霊王のクロが呼ばれ、最終的に、判断をルリアに任せることになった。

クロはルリアの安全を重視し、ヤギは人命を重視した。

だからこそ、クロは屋敷に戻れと言い、ヤギは倒れている人がいるとルリアに伝えたのだ。

「…………ぁ……（こいつらは一体）」

守護獣が議論している間、ガストネはひたすら苦しんでいた。

獣たちは自分を食べようとしているのだろうか。

なにも汚物まみれの自分を食べなくてもいいのに。そんなことを考えていた。

「だいじょうぶ、でも、サラちゃん、離れて」

どのくらい経っただろうか。突然人の声がした。幼い女の子の声だ。

「あ……あ……。あ……」

ガストネはすがるようにその幼女を見た。

こんなに不潔で、みにくい自分を助けてくれるわけがない。そう思いながらも助けを求める。

「もう、大丈夫だからね。話さなくてもいいよ」

幼女はそう言うと汚物まみれの自分に躊躇《ためら》いなく触れる。

そして、きれいにし、治療をしてくれた。

「……ぁ」

幼女は自分を王だと認識していない。不潔な病気の老人にしか見えなかっただろう。

だというのに、幼女は躊躇《ちゅうちょ》せずに助けてくれた。

汚物が手に付くことも厭わず、うつることも気にせずにだ。

どれほどの自己犠牲と無私のふるまいだろうか。

その行いに、ガストネは言葉にできないほど感謝し、感動し、涙を流した。

二章　五歳のルリアと湖畔の別邸最後の日々

湖畔の別邸に戻ったあたしとサラは、送ってくれたヤギたちにお礼を言った。

沢山モフモフしてから、大人しく部屋に戻る。

部屋に入ると、あたしは息を殺して、目立たないように、布団の中に潜った。

「りゃむ？」

ロアを抱っこして布団の中で丸くなる。

「…………ルリアちゃん？　どしたの？　ねむい？」

サラがもぞもぞと布団の中に入ってくる。

「ばう？」

ダーウも鼻の先を布団の中につっこんできた。

一方、キャロとコルコは部屋の中を歩き回っている。

きっと、悪い奴が来ないか、見張ってくれているのだ。

「スイも眠るのである！」

スイは眠る気満々らしく、布団の中に入ると、仰向けになって目をつぶる。

「ルリア、だっこして欲しいのである！」

「しかたないなー」

あたしは、スイをぎゅっと抱きしめる。

「りゃむ」

ロアは、スイの顔にひしっと抱きついた。あれでは前が見えないだろう。

「ロアのお腹はいい匂いがするのである！　すーはーすーはー」

「りゃっりゃ」

くすぐったそうに、そして楽しそうにロアが尻尾を揺らす。

スイとロアが楽しそうで良かった。

ロアは赤ちゃんなので、誰かにくっついて眠りたがる。

スイは赤ちゃんではないが、長い間一人で寂しかったから抱っこして欲しがるのだ。

スイに抱きつくあたしを見て、サラもスイに抱きついた。

「えへへ、あったかいのである。ミアも我を抱っこしてくれるであるか？」

サラが持っている棒人形ミアを、スイは優しく撫でた。

「わふ」

ダーウも鼻をスイにくっつけている。

あたしは、そんなダーウの鼻先を撫でた。

「ルリアちゃん。サラ、眠くないかも」

「あたしも、実はねむくはない。だけど、ねているふりをする」

「どして？」

「…………いまごろ、かあさまに、トマスがほうこくしてる」

「あ！」

「ほうこくを聞いたかあさまは激怒するにちがいない」

そして、激怒した母はこの部屋へとやってくるだろう。

「そのとき、あたしはねてるってわけ」

寝ているあたしを見て、母は起きてから叱ろうと考えるに違いない。

そして時間が経てば、怒りも多少収まるはずなのだ。

「ほぉ～。ルリアちゃんあたまいい」

「ふひひ。あたまいいでしょ」

「でも、激怒してたら、おこされない？」

「…………その可能性はある。そのときはねぼけたふりをする？」

「よけいおこられないかな？」

そんなことを話していると、

「すー……すー……」「りゃ～……りゃ～……」

スイとロアが寝息を立て始めた。スイは仰向けで顔にロアを乗っけたままだ。

「……ほんとに寝た。眠かったのかな？」

「そうかも」

「……息くるしくないのかな？　ルリアちゃん、ロアをどかしたほうがいい？」

「スイちゃんは、竜だからだいじょうぶだよ。たぶん」

ロアは赤ちゃんだから、大きなあたしたちよりも、沢山寝る。

ということは、もしかしたら、スイも赤ちゃんだったのかもしれない。

そのとき、布団の中に、クロがやってきて明るくなった。

「あ、せいれいさん？　このあかるさは、クロ？」

「そう。さすがサラ」

スイとロアを起こさないように、あたしたちは小さな声で会話する。

サラは精霊の姿がぼんやりとだが見ることができるのだ。

精霊はそれぞれ明るさが違うので、クロを見分けることができたのだろう。

精霊王であるクロは、特に輝きが強いので見分けやすい。

「クロ、いいこいいこ」

『ふへへ……って、和んでいる場合じゃないのだ！』

サラに撫でられて一瞬嬉しくなったクロは、慌てたように顔を引き締める。

「クロ、どした？」

『どした？　じゃないのだ！　魔法は体に良くないからダメって言ったのだ！』

「でも、あの人、あのままだと死んじゃったよ？」

スイとロアは、精霊の声を聞くことができる。

だから、クロはスイとロアを起こさないよう、小さな声で話してくれていた。

「……？」

クロの声が聞こえないはサラは首をかしげる。

サラには、あたしが独り言を言っているように見えるだろう。

『背が伸びなくなるのだ！』

「それはこまるけど……。クロ。いっておくことがある」

『なんなのだ？』

「あたしはたすけられるなら、たすける。それで背が伸びなくてもしかたがない」

人命には替えられない。

世界中の人を助けるのは無理だけど、目の前にいる人は助けたい。

『かあさまに怒られるのだ。それをルリア様は忘れているのだ』

「忘れてないよ？　かあさまはこわいけど、しかたない」

クロは首をゆっくりと振った。

『ちがうのだ。ルリア様だけじゃなく、トマスも怒られるのだ』

「なんで？」

『ルリア様を止められなかったからなのだ』

「あっ、そうかも」

確かに、あたしを危険なことに近づけないのも従者の仕事だ。

となると、トマスが正直に報告したら、あたしだけでなく、トマスもすごく怒られる。

それでも、トマスはきっと正直に報告してしまうのだろう。

あたしが悪いのに、トマスは、あたしのせいにしないかもしれない。

『ルリア様は叱られるだけなのだ。それで家を追い出されたりしないのだ』

「うん」

夜ご飯抜きにされたり、お尻を叩かれるかもしれない。それはすごく怖い。

怖いが、母も父も「うちの子じゃありません！」と追い出したりはしないと思う。

『でも、もしかしたら、トマスは首になるかもなのだ』

「ク、クビ！」

あたしの声にサラもびっくりして目を見開いた。棒人形ミアを抱く手が強くなる。

『……首にならなくても、左遷。いや少なくとも配置換えは避けられないのだ』

あたしを止められなかった。つまり、職務を果たせなかった。

ならば、別の部署に回すというのは、ありそうだ。

「まずいね」

『そう、まずいのだ。ルリア様の勝手な振る舞いは多くの人に影響を与えるのだ』

クロの言うとおりだ。

父は国王の息子でもある大貴族。その娘であるあたしのふるまいも沢山の人に影響を与える。

その自覚が足りなかった。

「こうしちゃいられない！」

「るりあちゃん？」「りゃ？」

「かあさまのところにいく！」

あたしは、スイの顔に抱きつくロアを撫でると、布団から飛び出した。

「怒られるから寝たふりするんじゃやないの？」

「トマスが怒られる。あたしがしょうげんしないとまずい」

「サラも行く！」

「サラちゃんはまってて！　怒られるのはルリアだけでいい」

サラはぶんぶんと首を振る。

「一人より二人の方が信用されるから」

「そっか。そうかも。ごめんね？」

「いいよ！」

そのまま部屋を出ようとしたとき、サラが足を止めた。

「スイちゃんが起きたら寂しがるから、ミアを抱っこさせておいてあげよう」

「そだね、コッコとキャロ。スイちゃんとロアをおねがい」

「ここ」「きゅ」

「すー……すー……」「りゃむ～」

寝息を立てるスイに、ミアを抱かせて、コルコとキャロを部屋に残すことにする。

「……ダーウも部屋にのこるといい。でも、スイちゃんとロアが寝ているからな？」

大人しくしていろと言い含める。

「きゅーんきゅーん」

ダーウは怒られることがわかっているのか、あたしの方を見て、悲しそうに鳴いていた。

だが、部屋を出ると、ダーウも付いてくる。

「ダーウ。怖いなら部屋にのこっていていいんだよ？」

「きゅぅ～」

そう言っているのに、ダーウは付いてくる。

「そっか、ありがとうな。ダーウ」

「きゅーん」

あたしはダーウをわしわし撫でた。

屋敷の中とはいえ、あたしが悪い奴に襲われないとも限らない。

実際、あたしは生まれたばかりの頃、屋敷の中で襲われたこともある。

だから、ダーウは守るために付いてきてくれるのだろう。

「でも、こわがらなくていい。おこられるのはルリアだからな？」

「いくよ？」

ダーウを撫でてから、あたしはサラと手をつないで母がいる部屋へと走って行った。

「うん」

あたしは母がいるはずの書斎の扉を力一杯叩いた。

「かあさま！　はなしがある！」

「……ドアはしずかに叩きなさい。入っていいわよ」

「はい！」

あたしとサラはダーウたちと一緒に部屋の中に入る。

部屋の中には母の他にマリオン、侍女、そしてトマスと従者筆頭がいた。

母は執務机の向こうに座り、手前にある長椅子にはマリオンと侍女が座っている。

そしてトマスと従者筆頭は、長椅子の手前で立っていた。

「おお、いっぱいいいる」

トマスと従者筆頭が横に動いて、あたしたちを通してくれる。

「……ルリアのことを呼ぼうと思っていたからちょうど良いわ」

きっと怒られるのだろう。とはいえ、あたしは堂々としておくことにした。

「ルリア、話って何かしら？」

「えっと、トマスは悪くなくて……えっと」

「お嬢様……」

トマスが泣きそうな表情を浮かべた。

きっと、ものすごく怒られていたに違いない。

「トマス、ごめんな？　かあさま、ルリアがわるい。トマスはわるくない」

「……ルリア。まず説明しなさい。何があったの？」

「えっとだな、何からはなせばいいか――」

あたしが少し言葉に詰まると、

「ぴぃ～」

ダーウがあたしと母の間で仰向けになって鼻を鳴らす。

「ダーウは、なにも悪いことしてないから、あやまらなくていい」

「ぴぃ～～」

ダーウはあたしのかわりに謝っているのだ。

「かあさま、ダーウはわるくない」

「わかっているわ。ダーウ、こちらにいらっしゃい」

「きゅーん」

ダーウは母の執務机に顎《あご》を乗せにいく。

そんなダーウの頭を母は撫でた。

「ルリア。正直に全て話しなさい」

「まず、ヤギが森で人が倒れているって言ってるって、スイちゃんが教えてくれて――」

「スイちゃん？」

「すいりゅうこうのことだよ」

あたしが精霊を見ることができたり、話せたりすることは、母にも内緒にしている。

だから、ヤギとスイが教えてくれたことにした。

「それでヤギのあとに付いていったら、おじいさんが倒れていて……」

「それで？」

「えっとー。死にそうだったからなおした？」

「…………………」

母はしばらく無言になったあと、トマスを見た。

「その老人は、どのような状態でしたか？　もう一度報告してください」

「はい。汚物にまみれており、全身が腫れ物に覆われておりました」

「一刻を争うように見えましたか？」

「はい。なぜ生きているのか不思議だと、私は思いました」

母はトマスの報告を聞いてゆっくり頷くと、あたしを見る。

「ルリア。それであっている？」

「あってる。ほおっておいたら死ぬとおもった。だから時間がなかったの」

一応やむを得ないことだったとアピールしておく。

「起きたことは理解しました。……ルリア」

母は私をじっと睨むように見つめた。

「あ、あの、おばさま！　サラがわるいんです。ルリアちゃんはわるくないです！」

「きゅーんきゅーん」

サラとダーウが慌てて取りなしてくれた。

ダーウはまた床に仰向けになっている。だが、それでは母から姿が見えない。

「サラ。奥方様になんて呼び方！　失礼です。弁《わきま》えなさい」

マリオンが慌てるが、母は笑顔だ。

「いいの、マリオン。私がそう呼びなさいって言ったのよ」

「かあさま。もちろん、あたしがぜんぶわるい。サラちゃんもダーウもわるくない」

「そうね。サラもダーウも悪くないわね」

母は、少し微笑んだように見えた。

「ルリア。まだ聞かなければならないことがありますが、その前に叱らなければなりません」

「はい」

「ですが、ルリア。何が悪かったか、わかっているかしら？」

「えっと、森に入ったこと？」

「それも悪いわね。庭で遊んでもいいとは言ったけど、森に入っていいとは言わなかったわ」

「あい」

「しかもサラを連れていったわね？　それはもっといけないことよ。わかるかしら？」

「サラちゃんもあぶないから？」

「あの、ルリアちゃんは付いてくるなっていったけど、サラがかってに付いていったの！」

「本当？」

「ちがう。あたしはサラちゃんが危ないことをわすれてた」

倒れている人を助けることしか考えていなかった。

「そう。それにトマスの制止を振り切ったのも良くないわ、ダーウに押さえさせたそうね？」

「ごめんなさい」

「従者の方たちは、ルリアとサラを守るためにいるの。指示には従わないといけないわ」

「あい」

母はあたしの目をじっと見ると立ち上がって、こちらに歩いて来る。

「ルリア」

「ぴぃ～～～」

仰向けに転がっていたダーウが慌てたように歩いて来てあたしの前に転がり直す。

「ぴぃ～ぴぃ～」

そんなダーウをチラリと見ると、母はあたしの前に立った。

「ルリア」

あたしは叩かれることを覚悟して、目をつぶる。

ダーウが許しを請うて「ぴぃぴぃ」鳴く声が部屋に響く。

「よくがんばりました」

母にぎゅっと抱きしめられた。

「ふえ？」

「森に入ったことも、サラを巻き込んだことも、従者に従わなかったことも良くなかったわ」

「うん」

「でも、倒れていた人を助けたことは立派なことです。偉かったわね」

「……うん、えへ」

「きゅーん？」

ダーウが体を半分起こして、あたしと母を見て首をかしげていた。

「もちろん、貴族の令嬢としては褒められたことではないわ」

「れいじょうなら、どうするの？」

「使用人にやらせなさい。今回で言えば、トマスに命じて任せればいいの」

「ふむ？」

普通の令嬢は治癒魔法を使えないので、それが正しいのだろう。

「令嬢として正しいふるまいではなかったけど、人としては正しいわ」

「そう？」

「そう、母はルリアを誇りに思います」

「へへ。えへへへへ」

「それにトマスをかばうために、叱られることを覚悟して説明しに来たことも偉かったです」

「そかな？　えへへへ」

「なかなかできることではないわ。ルリア、頑張りましたね」

そして母はサラを見る。

「ルリアをかばってくれてありがとう。そして巻き込んでごめんなさいね」

「んーん！　サラはまきこまれてないよ！」

「そう、ありがとう」

母はサラのことも抱きしめて、頭を撫でた。

ダーウは行儀良くお座りしながら母を見つめて、尻尾を揺らしている。

「はっはっはっは」

褒められるのを待っているのだ。

「ダーウも、ルリアの言うことをよく聞いて偉かったわね」

「わう〜」

母はダーウを撫でながら言う。

「ルリアをかばうのも、そうそうできることではないわ。忠犬ね」

「わふ！」

ダーウは誇らしげだ。

「よかったな！　ダーウ。ありがと」「えらいえらい」

「わふ〜」

あたしとサラはダーウのことを撫でまくった。

「……さて、ルリア。ところで……」

「ん？　おやつか？」

「わふわふ」

褒められた後に食べるおやつは格別だ。

おやつと聞いて、ダーウの尻尾の揺れが激しくなった。

「違うわ」

「え？」「わふ？」

衝撃をうけるあたしとダーウに向けて、母は言う。

「ルリア。治癒魔法を使えるの？」

「……えっと」

「それも瀕死の患者を治せるほど？」

「……えっと、それは」

「ルリア？　正直に言いなさい」

「はい。つかえる」

あたしは母の圧に負けて、正直に話してしまった。

「それで治癒魔法は誰に習ったの？」

「だれ？　えーっと……クロ？」

「クロ？　それはだれ？」

「えっと、この子なんだけど」

『そんなことといっても、かあさまに、クロはみえないのだ』

ふわふわと近くにやってきたクロが言う。

「見えないけどここにいるの。精霊だって」

「…………そう。信じがたいと言いたいけど、信じるしかないわね」

「信じてくれるの？」

「実際、治癒魔法を使えるんだから信じるしかないでしょ？」

「そっかー」

ほっとするあたしに、真剣な表情で母は言う。

「ルリア。治癒魔法を使えることは隠しなさい」

「わかった！」

「……ずいぶんと素直ね。理由は聞かないの？」

「うーん。クロも隠せっていってたし？」

「そう。クロさん。ルリアをよろしくおねがいしますね」

『わかったのだ』

「わかったって！」

母はなにもない方向に頭を下げる。

クロは母の正面に移動して『こちらこそなのだ』と呟いた。

「クロが、こちらこそだって」

それから、母はマリオンと侍女、トマスと従者筆頭にも言う。

「ルリアが治癒魔法を使えることは絶対に誰にも言わないように」

「「御意」」

「部下にも、上司にも、親や子供にも、そして国王陛下にも言ってはいけません」

「……御意」

みな神妙な顔で頭を下げた。

「サラもおねがいね？」

「わかった！　内緒にする」

「偉いわ」

サラは母に頭を撫でられて、「えへへ」と笑った。

◇◇◇◇

ルリアたちが退室した後、アマーリアはもう一度念押しした。

「……これまで通り、ルリアのことは絶対に口外しないように」

「御意」

「トマス。ルリアが癒やした患者をそのまま帰したのは失敗でしたね」

「……申し訳ございません」

ルリアの秘密を守るためならば、帰すべきではなかった。

せめて、名前や身分を聞かねばならなかった。

「……トマス。あなたは他の従者よりもルリアの秘密を知りました」

「はい、我が命にかけましても、絶対に口外いたしません」

「信用しています。今後、ルリアの護衛を頼むことが増えるでしょう。よろしくね」

「御意。身に余る光栄です」

秘密を知る者は少なければ少ない方が良い。

ならば、トマスを処罰するより重用したほうがいいと、アマーリアは判断した。

「改めてルリアが助けたという老人が誰か、調べなさい」

「ルリア様に害をなさぬよう、念のために消しましょうか？」

従者筆頭が声を潜める。

それはルリアの安全を第一に考える従者筆頭としては当然の判断だ。

「その必要はありません。そんなことをしてはルリアの行いが無駄になります」

「御意」

「ただ、口止めするだけで構いません」

そして、従者筆頭とトマスが退室し、部屋にはアマーリアとマリオン、侍女が残された。

「……ルリアは聖女かも知れないわ」

「聖女様、でございますか？」

驚くマリオンに、アマーリアは領民が直訴に来た際に起こった出来事を語る。

巨大な動物たちがルリアの言うことに素直に従っていた。

ルリアが撫でただけで、巨石が割れて雨が降り始めた。

「それにこの地に封じられていた水竜公《すいりゅうこう》の呪いも解いたわ」

「それは……聖女以外の何者でもありませんね」

「そうなの。困ったわ。またグラーフにも手紙を認《したた》めないと」

アマーリアはため息をつく。

「グラーフが、近いうちにルリアを連れて参内しないといけないのよ」

「それは……大変ですね」

「ほんとに」

国王がルリアが聖女だと知れば、利用しようとするのは確実だ。

貴族を押さえつけるのに使うだけでなく、対教会の切り札にもしようとするはずだ。

「……ルリアの髪色と目の色を見れば、教会も黙っていないでしょうし」

ルリアは政治的争いの中心となる。

当然、利用しようと多くの者が近づいてくるだろうし、命を狙われることも増えるだろう。

アマーリアはため息をついた。

◇◇◇◇

あたしたちが母の部屋から、自室に戻ると、

「すー……すー……」「りゃぁ……ゃぁ……」

まだスイとロアは気持ちよさそうに眠っていた。

相変わらずスイの顔にロアがへばりついている。

「いいこいいこ」

サラが、スイとロアの頭を撫でる。

「スイちゃんとロアは、ミアのことが気に入ってるみたいだね」

「そだね！　えへへ」

スイはサラの棒人形ミアをしっかりと抱いているし、ロアは尻尾の先をミアに絡めている。

そんなスイとロアを見てサラも笑顔になった。

「キャロとコルコ、おるすばんありがと」

キャロとコルコは寝台の上で、スイたちを見守ってくれていた。

「きゅ」「こっ」

小さく鳴きながら、あたしに体を押しつけにくる。

「いいこいいこ」

あたしはキャロとコルコのことをぎゅっとしてから、優しく撫でた。

「むむ？」

「どうしたの？　ルリアちゃん」

「ミア、少しかわった？」

「かわってないと思う」

「そっかー、気のせいかな」

いつも抱っこしているサラが変わってないというなら、変わってないのだろう。

あたしはミアのことも撫でた。

「ルリアちゃん、なにしてあそぶ？」

「そだなー」

「ぁぅぁぅ！」

『ダーウダメなのだ！　ルリア様は安静にしないとなのだ！』

ダーウが庭で遊ぼうといい、クロに止められた。

「ばう～」

ダーウは不満げに伏せをする。

「ダーウだけ、にわをはしる？」

「あうあう」

ダーウはあたしと一緒が良いらしい。

「そっか。じゃあ、ダーウもいっしょに精霊な――」

『精霊投げはダメなのだ。めちゃくちゃ走り回るのだ！』

クロからストップがかかった。

精霊投げは、ほわほわの精霊をポンポン投げて、部屋中を走り回る遊びだ。

『クロのお勧めは精霊力の訓練なのだ！』

それは体内にぐるぐる精霊力を回す訓練だ。

訓練とは言え、結構楽しいのであたしは好きだった。

「精霊力の訓練は楽しいけど、安静にしないといけないいんじゃないの？」

さっき、おじいさんを助けるのに魔法を使ったばかりだ。

さらに訓練などしたら、疲れ果てて、背が伸びなくなるかもしれない。

『それは問題ないのだ！』

「そうなの？」

『そもそも、体内で精霊力を動かすだけなのだ。運動した後に体操するようなものなのだ』

「あー、あれかー」

なんとなくあたしはクロの言いたいことがわかった。

「にいさまも、剣術訓練の後、体操しているものな？」

『それなのだ！』

兄ギルベルトは剣術訓練で汗だくになった後、毎回ゆっくり筋肉を伸ばしている。

そうすると、疲れが取れやすくなったり、筋肉痛になりにくくなったりするらしい。

クロの声が聞こえないサラは、独り言のようなあたしの言葉をじっと聞いていた。

「クロが精霊力の訓練をしようっていってるの？　サラも好きだよ？　いっしょにする？」

「いいの？」

「うん！」

少し前にサラとロアと一緒に、精霊力の訓練をしたことがあった。

サラの場合、体内で回すのは精霊力ではなく魔力だが、魔力でも訓練効果は高いらしい。

『復習なのだ！　お腹の奥に魔力が溜まっているのをイメージするのだ！』

「復習からだって！　お腹のおくに魔力がたまっているのをイメージして！」

あたしがクロの言葉を復唱しながら訓練をする。

「むむ～～」「ばうぅ～」

サラの隣で、ダーウも一生懸命練習していた。

キャロとコルコはそんなダーウを見つめていた。

「ふむぅ～」

あたしも復唱しながら、訓練する。

「む？　なにしてるのであるか？」「りゃ～？」

するとスイとロアが起きた。

スイの顔には、相変わらずロアが仮面のようにへばりついている。

「クロに教えてもらいながら精霊力の訓練。サラちゃんは魔力の訓練」

「おお、我もやるのだ」「りゃむ！」

起きてきたスイはロアを顔に張り付けたまま、あたしの隣に座る。

「あ、サラちゃん、ミアを貸してくれて、ありがとうである」

「ん、いいよー」

棒人形ミアをサラに返すと、スイは「うんうん」唸り始めた。

依然としてロアを顔に張り付けたままだ。

「……スイちゃん、だいじょうぶ？　それだと前がみえないな？」

「ん？　大丈夫である！」「りゃ～」

スイはそう言うが、息がしにくそうだ。

「ロア、こっちおいで」

「りゃむ？」

ロアを呼ぶと、ぴょんと跳んで、あたしの顔にへばりついた。

ロアのお腹はしっとりしていて、柔らかくて温かかった。

「ロアは、本当に顔がすきな？」

「りゃむ～」

「だけど、前がみえないからな？」

あたしは顔から剝がして、お腹の前で抱っこする。

「ロアもいっしょに練習しよ」

「りゃむ～～」

しばらく訓練していると、マリオンが部屋にやってきた。

「あ、ママ！」

サラがマリオンに抱きつきに行く。

それをみたスイが、あたしにぎゅっと抱きついた。

「あらあら。おやつを持ってきましたよ」

マリオンはクッキーを持ってきてくれていた。

「やった！　マリオンありがと！」「わふわふ！」

「我も食べるのである！」「りゃあ〜」

そして、みんなで美味しいクッキーを食べたのだった。


次の日の朝、あたしはいつものように、食堂で朝ご飯を食べていた。

あたしは左手でロールパンを上品に摑む。

「うまいうまい！」

右手はフォークを握って、上品にハムを突きさしてバクバク食べた。

「うまいのである！」

スイもあたしと同じようにバクバク食べていた。

ロアはテーブルの上で、むしゃむしゃと肉とゆで卵を食べている。

ダーウ、コルコ、キャロは床に置かれた台の上に並べた皿からご飯を食べていた。

ロアだけがテーブルの上で食べるのを許されているのは、竜だからだ。

竜は丁重に扱わなくてはいけないのだ。

「サラ。フォークの持ち方はそうではありません」

「はい。こう？」

「そうです。よくできました」

「えへへ」

一方、マリオンの隣に座ったサラは、マナーを教えられていた。

マリオンに教えてもらえるのが嬉しいらしく、サラは笑顔だ。

「……サラはたいへんだな？」

ちっちゃいのに行儀良くしないといけないのだから。

「ここぅ？」

「ん？　あたしはぎょうぎがいいからな？」

生まれついた気品というものだろうか。我ながら上品さを隠しきれていない。

「……いや、いざというときのために、上品さをかくす練習したほうがいいかも」

このままだと身分を隠して街中に隠れてもすぐにご令嬢だとばれてしまう。

そうなってからでは遅いのだ。

「わふわふ」

「そだなー。もうすこし、いきおい良く食べたほうがいいな？」

「ルリア。なに愚かなことを言っているのかしら？」

母が呆れた様子でため息をついていた。

「む？」

「ルリアは上品ではないわ」

「え？」「わふ？」

突然、予想だにしなかったことを母が言った。

あまりに驚いて、あたしは固まってしまった。

なんて上品なんだろうと、あたしを見つめていたダーウも驚いている。

「ルリア、サラ。今日のお昼までに本邸に戻ります」

「おおー。とうさまにあえるのかー」

「はい」

サラは少し緊張している様子だった。

「そして、ルリアとサラには今日から礼儀作法の勉強をしてもらいます」

サラには必要かもしれない。

サラはいつも行儀が良い。だが、男爵家と大公家で作法が違うかもしれないからだ。

だから、マリオンが慌てて、大公家の作法を教えているに違いない。

「え？　ルリアにひつようか？　むしゃり」

あたしは思わず呟いていた。

生まれたときから大公家で育ったあたしは、大公家の作法を熟知しているはずだ。

「本気で言っているの？　必要よ」

「そんなことない？　むしゃむしゃ」

あたしは上品に右手でロールパンを食べ、左手のスプーンでオムレツを上品に食べる。

「まず……同時にたべようとするのをやめなさい」

「え？　でも、そのほうがはやい？」

「速く食べなくていいのよ？」

そして、母はふうっとため息をついた。

「令嬢らしい作法の勉強はもっと後でもいいと思ったのだけど」

「あたしもそうおもうな？」

「わふわふ」

ダーウも「そうだそうだ」と言っている。

「そうもいかない理由ができたの」

「え？　あ、まさか！」

「そう、そのまさかよ」

元々、行儀の良いことで定評のあるあたしがさらに勉強しろと言われる理由など一つしかない。

「……こんやくか～」

あたしは大貴族のご令嬢だ。五歳で婚約してもおかしくない。

「わふ〜わふ〜。ぴぃ〜」

焦ったダーウがあたしの膝の上に顎を乗せて、鼻を鳴らした。

あたしが嫁いだら、おいていかれるかもと思ったのだろう。

「……だいじょうぶ。ダーウはつれていくし、こんやく破棄されるように、するからな？」

あたしは小声でダーウに囁いた。

もし婚約破棄できなくても、ダーウたちを連れていくことは譲れない。

「わふ！」

ダーウも協力すると尻尾を振っている。こういうときにダーウは頼りになるのだ。

「……まず、ダーウが……相手のいえにでっかいうんちを……」

「ルリア。食事中です」

囁いていたのに聞こえていたらしい。

結構、本気で母は怒っていた。

「すまぬ」「わふ」

母はふぅっと再びため息をつく。

「まだギルベルトもリディアも婚約していないのに、ルリアが婚約するわけないでしょう？」

「はっ！　そうかも？」

「わふ〜」

ダーウは安心したようだった。

「じゃあ、一体どうして？　マナーを？　学ばないといけない？」

「そんなに不思議？　むしろ今まで好きにさせていたことの方が特別なのだけど」

そう言ってから、母は優しい目であたしを見た。

「実はお爺さまから、会いに来なさいって言われているの」

「おじいさま？　っていうと王様？」

母方の祖父はもう亡くなっている。

母の実家の当主は、母の兄、つまりあたしの伯父なのだ。

それゆえ、生きているあたしのお爺さまは、父方の祖父だけだ。

それは国王ガストネ・オリヴィニス・ファルネーゼ、その人だ。

「そう、王様。陛下はとても厳しくて怖い人だから、礼儀正しくしないといけないわ」

「ほえー」

「ルリア。少し真剣な話をするわ」

母がじっとあたしの目を見るので、あたしもじっと母の目を見る。

「陛下は孫だからといって容赦はしないわ。血族を政略結婚の駒にすることに躊躇《ちゅうちょ》はないの」

「ほえー」

そんな人だったとは知らなかった。

だから、父はあたしを王に会わせないようにしてくれていたのかもと思う。

「もし礼儀がなってないと思われたら。最悪、自分の手で育てると言い出しかねない」

礼儀がなってない娘は他国の王族に嫁に出せない。つまり、政略結婚の駒にできない。ならば、自分で育てるという発想になるのもわかる。

「ひぇ。それはこまる」

「うん。困るわよね。だから五歳が当然身につけておく程度の作法を学びなさい」

「あい」

とはいえ、そこで礼儀が完璧な令嬢だと思われても困る。

そうなったら、王の都合のいい駒だと思われて、他国に嫁に出されかねない。

「かげんが……むずかしいな？」

「難しくはないわ。ルリアなら全力で礼儀正しくしても、完璧にはならないから」

「どういう？」

ちょっと、母が何を言っているのかわからなかった。

「ルリアちゃん、がんばって」

サラは心配そうに、あたしのことを見つめている。

「そしてサラ」

「はい」

「陛下はサラもお呼びなの」

「ひぅ」

サラはびっくりして、フォークを落とした。

「どうして、サラちゃんまでよばれるの？」

「グラーフと私の猶子《ゆうし》になったからよ。それに男爵家の後継問題もあるし」

そう言ってから、母はサラに優しく微笑む。

「後継って、サラのちちは？」

「えっと……」

母は少し考えて、マリオンを見た。

「あの人とは離縁しました。あの人は爵位を返上し、実家のある田舎に戻ったのです」

「ほう？　あいつが爵位をかえすとは？」

「手続きは大変だったけど、グラーフが色々やったのよ」

「その節はお世話になりました」

そう言って、マリオンは母に頭を下げる。

父がやった色々が何かわからないが、政治的な色々だろう。

「へー。前男爵の病気は？」

サラの父を苦しめているのは病気ではなく呪いである。

自分でマリオンにかけた呪いが返ってきて自分にかかったのだ。

「まだ治ってないですね」

「そっかー。サラちゃん、さみしい？」

前男爵はひどい奴だが、サラにとっては父なのだ。

「んーん。さみしくない」

「そっか。会いたい？」

「あいたくない。だって、叩くし、酷いこというし、いじわるだもん」

「そっかー」

サラが寂しくないし会いたくないなら、会わない方がいい。

前男爵は田舎で、寂しく呪いと戦えば良いのだ。

サラを虐めて、マリオンに呪いをかけたのだから、自業自得である。

「ということで、男爵位が今は空席なの」

それで、サラが継承するということになったらしい。

「でも、サラはあまり緊張しなくていいわ。謁見は形式的なものだし」

「はい。がんばるます」

もうサラは緊張して口調がおかしくなっていた。

それを聞いていたスイがぼそっと言う。

「サラは緊張しなくていいってことは、ルリアは緊張しないといけないのであるな？」

「まあ、その通りです。水竜公閣下」

「アマーリアもスイちゃんって呼んで欲しいのであるぞ」

そう言って、ご飯を食べながら、スイは尻尾をぶんぶんと振った。

朝ご飯を食べ終わると、あたしたちは本邸に戻る準備をすることにした。

部屋に戻ったあたしはまずクロを呼ぶ。

「くろいるかー？」

『話は聞いていたのだ』

すうっと天井からクロが生えるように現われて、降りてくる。

あたしが胸の前で抱っこしているロアの近くで、クロは止まった。

「クロはかあさまにあいさつしたし、かくれてなくていいんじゃない？」「りゃむ！」

『そうでもないのだ！　屋敷にいるのはかあさまだけではないのだ！』

「そうかも」「りゃむりゃむ！」

あたしがクロに話しかけると、ロアも一緒に声を出す。

ロアは赤ちゃんなので、何か意味があるわけではない。

だが、ロアとしては会話に参加したいのだろう。

「本邸にもどったら、人がいっぱいいるしな？」「りゃむ！」

母はあたしが精霊を見て、話すことができることを知った。

きっと父も手紙で知らされているはずだ。

とはいえ、使用人全員に知らされる訳ではない。

別邸には侍女一人と、数人の従者しかいないが、本邸にはその何十倍の使用人がいる。

『やはり、緊張感を持って、緊急時以外は隠れていたほうがいいのだ』

「そんなもんかー」「りゃむりゃむりゃむ！」

あたしとクロが話している間、ロアが一生懸命、クロの尻尾を目指して手を伸ばす。

クロは尻尾を動かし、そんなロアの手をひょいひょいかわしながら、ロアの頭を撫でた。

『それで何の用なのだ？』

「えっとね、本邸に帰ることを、守護獣のみんなにしらせてあげて」

『わかったのだ』

そのころにはクロ以外のほわほわの精霊たちも周囲を飛び回っていた。

『ルリア様あそぼー』『ろあ、ろあ！　いいこー』『ダーウあそぶ？』

「りゃむ～」「わふ！」

ロアは嬉しそうに尻尾を揺らして精霊を見て目を輝かせる。

ダーウは精霊にぴょんと飛びついて、ゴロゴロ転がったりし始めた。

『じゃあ、クロはみんなにおしえてくるのだ！』

「おねがいねー」

クロを見送った後、あたしはあたしで本邸に戻る準備をしなければならない。

「かっこいい棒はもっていかないとな？」

「わふ～」

それは湖畔の別邸に来てすぐの頃に手に入れた格好いい棒だ。

これまで大活躍してくれた。

「たしかに格好いいであるなー」

朝ご飯の後、スイはずっとあたしに後ろから抱きついている。

特に邪魔でもないので、そのままにする。スイは甘えん坊なので仕方がなかった。

「これでいいな？」

あっさり準備が終わった。

「ルリアちゃん、棒だけでいいの？」

「うん。おてがみとか、本とか、服はあとでもってきてくれるらしいからなー。サラちゃんは？」

「ミアだけもっていく」

「そっかー」

棒人形のミア以外はあとで侍女たちが持ってきてくれるだろう。

「スイちゃんはなにか持っていきたいものある？」

あたしにぎゅっと抱きついているスイに尋ねた。

「スイはふとんを持っていきたいのである」

「ふとん？　ふとんなら、本邸にもあるよ？」

「それはルリアと一緒に寝られるやつであるか？」

「うん、だいじょうぶ」

「そっかー。よかったのである」

スイはほっとしたようだった。

「わふ～わふ！」

そこにダーウが外から木の棒を持ってきた。

「ダーウそれなに？」

「わふ！」

どうやら格好いい棒らしい。本邸に持って帰るためにわざわざ探してきたようだ。

「たし……かに？　かっこいいいかも」

もちろんあたしの格好いい棒に比べたら、格好よくない。

だが、ダーウの棒もなかなかいい線いっていると思う。

「わふわふ！」

投げたら気持ちが良いはずだと言う。

「しかたないなー」

「わぁぅ～」

「みんなも持っていきたいものある？」

「きゅきゅ」「こぅ」

キャロとコルコは別にないと言う。

「りゃむ！」

ロアはパタパタ飛んで、小さなタオルケットを持ってきた。

それは、昨夜寝るときにロアを包んだタオルケットだ。

「ロア、それがすきなの？」

「りゃあ～」

「じゃあ、もっていこ」

そうして、あたしたちの準備は終わった。


お昼前に馬車に乗って、あたしたちは本邸へと向かう。

馬車の中にはあたしとサラにスイ、母、マリオン、侍女とキャロとコルコ、ロアが乗っている。

その馬車の周囲を従者が固め、そのさらに外をダーウが走っていた。

「わふわふわふ！」

ダーウははしゃいで、馬車の周囲を走り回っている。

ちなみにダーウの格好いい棒は馬車に乗せた。

「ダーウは元気であるなー」

あたしを膝の上に乗せたスイが、窓の外のダーウを見てぼそっと呟いた。

「スイちゃんもはしりたい？　はしってきてもいいよ？」

「むむ？　我はルリアといっしょがいいのである！」

そう言って、スイはあたしのことをぎゅっと抱きしめた。

「スイちゃんは甘えん坊だなぁ」

「そんなことないのである！」

そう言いながらも、スイはあたしを抱きしめる力を緩めなかった。

三章　五歳のルリアと国王陛下

馬車がゆっくり進んだので、湖畔の別邸から本邸まで三時間ほどかかった。

本邸の周囲には森があり、その森の中を馬車が進む。

「……すごくなつかしい気がする」

「まだ、一週間も経ってないわよ？」

そう言って、母は笑った。

「サラちゃん、ルリアが屋敷を案内するな？」

「ありがと！」

サラは本邸に入るのは初めてなのだ。

森の中をしばらく進み、本邸の入り口が見えてくる。

「おお？　とりたちがもういる！」

別邸に付いてきてくれていた鳥の守護獣たちも本邸に戻ってきてくれたようだ。

守護獣の鳥たちが屋根にびっしりとまっている。

「ルリアちゃん！　あのこたちもいる！」

「おお、はやい」

先ほどクロを通じて本邸に戻ることを教えたばかりだというのに、ヤギたちはもういた。

森の中を少し離れて、馬車に並走していた。

あたしは窓を開けて、ヤギたちに手を振る。

「ヤギ、猪、牛、来てくれてありがとなー」

「めえ〜〜」「ぶぼぼ」「もぉ」

その鳴き声で母はやっとヤギたちに気づいた。

「え？　ヤギ？　猪と牛まで。あれってあのときの子たちよね」

「そう、岩をどけるのを、てつだってくれた子たち」

「昨日、急病人が倒れているのを教えてくれたのもあの子たちだったわね？」

「そう！」

「ルリアは、大きな獣に慕われているわね」

「そかな？　へへ」

母が褒めてくれたので、あたしは照れてしまった。


馬車が本邸の入り口に近づくにつれ、サラが緊張し始めた。

父と兄と姉、それに使用人たちが出迎えてくれているのが見えているからだろう。

「サラちゃん。緊張してる？」

「してる」

「とうさまも、にいさまも、ねえさまも優しいからだいじょうぶだ」

「うん」

「サラ。失礼のないように、しっかりご挨拶しなさいね」

マリオンが心配そうに声をかけながら、サラの頭を撫でた。

「わかった」

真剣な表情で頷くと、サラはぎゅっと棒人形のミアを抱きしめる。

「その人形は母が預かっておきますね」

「え？」

「大公殿下の前に出るのに、人形を持ったままだとおかしいでしょう？」

困った表情を浮かべるサラを見て、母が笑顔で言う。

「気にしなくて良いわ。陛下の前に持っていくことはできないけれど」

「ありがとうございます」「ありがとう」

マリオンは頭を下げ、サラもほっとしたようだった。


馬車が止まるとあたしは扉を開けて、飛び出した。

「とうさま！　ただいま！」

「おお、ルリア！　寂しかったよ」

父はあたしのことを抱き上げてくれる。

「えへへー」

「ルリア、少しみない間におおきくなったかい？」

兄が優しく頭を撫でてくれる。

「なった！」

「大きくはなってないわね？　でも、元気そうで良かったわ」

姉があたしの頬を撫でる。

「ルリア、その服って僕の？」

「そう、にいさまの！　これうごきやすいのなー」

「うん、ルリアが着ると兄上の服も可愛いわね」

そんなことを話していると、ダーウがやってきて兄と姉の手をベロベロなめる。

「ダーウも元気にしてたかい？」

「わふ～」

ダーウは大喜びで地面に仰向けでひっくり返って、お腹を撫でろとアピールする。

そこに胸を張ったスイが、馬車から降りてきた。

「む！　そなたがヴァロア大公グラーフであるな！」

「はい。お初にお目にかかります。グラーフ・ヴァロア・ファルネーゼにございます」

父が威儀を正して、頭を下げる。

王族でも大貴族でも、竜には敬意を払わねばならないのだ。

兄と姉も父にならって頭を下げる。

「うむうむ」

「スイちゃん、そんなに緊張しなくていい」

「き、きんちょうなんて、してないのである」

スイは母と対峙したときも偉そうにしていた。きっとスイは人見知りをするほうなのだ。

そして人見知りすると、必要以上に偉そうにしてしまうのだろう。

「スイちゃん、こっちきて」

「ん」

「この子はすいりゅうこうのスイ。竜だけど、いいこだから、みんな。よろしくな？」

あたしは、使用人を含めたみんなに紹介した。

「スイちゃんもほら」

「……スイである。……よろしくであるぞ」

スイはあたしの後ろから、そう小さな声で言った。

虚勢を張っていないスイは、大人しい。

あたしは体の前で抱っこしていたロアを父に向かって押しだして、よく見えるようにした。

「りゃむ？」

「この子はロア！　保護した竜の子だ！」

「はじめまして、私はヴァロア大公――」

ロアにも父と兄と姉は丁寧に挨拶していた。

それが終わった後、マリオンとサラが母と一緒に降りてくる。

きっと、母は礼儀上、もっとも格上である竜と父の挨拶を優先させたのだろう。

「あなた、心配かけたわね」

「本当に。だが、無事でよかった」

父は母を抱きしめる。

「とうさま、にいさま、ねえさま、この可愛い子がサラちゃんだ！」

「サラです。不束者《ふつつかもの》ですがよろしくおねがいします」

緊張した様子のサラは、ぎゅっとお腹の前で手を握って、頭を下げる。

「サラ。猶父《ゆうふ》のグラーフです。よく来てくれたね。歓迎するよ。今日からここがサラの家だよ」

父は優しくそう言って、サラの頭を撫でる。

「サラちゃん。兄のギルベルトです。よろしくね」

「リディアです。私は姉だから、どんどん頼ってね」

そう言うと、姉はサラをぎゅっと抱きしめた。

それからマリオンが父に挨拶とお礼を言い、色々なことを話し始めた。

「サラちゃん、それは？」

姉がサラが抱きしめているミアに気づいた。

「あの、ミア……です」

「サラちゃんの大事なお友達のミアだよ！」

「そうなのね？　よろしく、ミア」

そう言って、姉はミアに話しかけるように挨拶した。

「よろしくです」

サラはミアを抱きしめたまま、頭を下げる。

一方、兄はあたしを、いやあたしが抱っこしているロアを見てうずうずしている。

「……あの、ルリア。そのロア様を撫でてもいいかな？」

「いいよ！　それに様ってつけなくていい。な、ロア」

「りゃむ～？」

尻尾をゆっくり振るロアを兄は撫でる。

「ロア、かわいいねぇ」

「りゃむりゃむ」

「あ、私も撫でたい。いいかしら？」

「いいよ」「りゃむ～」

姉もロアを撫でる。

「あったかいわね。それに柔らかいわ」

「りゃむむ」

兄と姉に撫でられたロアが尻尾を振っていると、

「…………」

あたしの後ろからスイが無言で頭を前に出す。

「スイちゃん？」

「ん？」

「いいこいいこ」

あたしは右手でスイの頭を撫でた。

「にいさまとねえさまもスイちゃんを撫でてあげて」

兄と姉は一瞬驚いた様子だったが、

「しかたないのであるなー？　撫でさせてあげるのである！」

とスイに言われて、撫で始めた。

「スイ様を撫でさせてもらえるなんて光栄です」

「ありがとうございます」

「えへ、へへへ」

兄と姉に撫でられたスイはとても嬉しそうに尻尾を揺らしていた。

その後、大人たちは色々相談することがあるようで、談話室に向かった。

「ルリア。サラちゃんを案内してあげたら？」

「そうだな！　サラちゃん！　探検にいこ！」

「うん！」

あたしは格好いい棒を馬車から取り出した。

「ばう！」

ダーウも自分で拾ってきた棒を口に咥えている。

「ルリア……その棒は一体？」

「にいさま。これでこうやって、……わなをさぐる。な？」

あたしは地面をパシパシ叩いてみせた。

その横で、ダーウも棒で地面をバシバシしていた。

「罠はないわよ？」

「油断したときがいちばんあぶない」

姉にそう言うと、あたしはロアを頭の上に乗せて、サラと手をつないで歩き始めた。

キャロとコルコ、スイと兄と姉も付いてきてくれる。

「わふわふ！」

「ダーウは油断しないのであるなー」

床をパシパシしながら歩くダーウを見て、スイが感心している。

スイはずっと後ろからあたしの肩に手を置いていた。

「こっちが食堂だ！」「わふわふ！」

食堂に案内し、

「ここには本がある！」「わふ〜」

書斎にも案内し、

「お風呂だ！」「わふぅ」

お風呂にも案内する。

本邸は広いので、案内をし終えるころには、一時間は経っていた。

「ルリアちゃん、広いねぇ」

「うむ。ひろい。一回ではおぼえられないだろうから、いつでもきいて？」「わふ！」

ダーウもいつでも聞いてと言っていた。


一通り案内を終えた頃、昼食の準備ができたと、侍女の一人が呼びに来てくれた。

「おなかすいたなー？」

「そうだね！」「わふわふ」

食事に思いをはせていると、姉が少し真面目な表情になった。

「ルリア。母上から聞いていると思うけど、作法を練習しないといけないわ」

「さほうかー」

まあ、あたしはバッチリなので、問題ないはずだ。

「サラちゃんも、あまり緊張しないでな？」

「うん」

食堂に入ると、テーブルの下座に座っていた母が、自分の隣を指して言う。

「ルリアはここに座りなさい。作法を教えます」

「ん」

あたしが母の隣に座ると、従者の一人が優しく言う。

「ダーウ、キャロ、コルコはこちらですよ」

ダーウたちはいつもあたしの側でご飯を食べている。

だが、今日はダーウたちは少し離れた場所でご飯を食べるらしい。

「ばう？」「きゅ」「ここ」

キャロとコルコは素直に従うが、ダーウはあたしの側を離れようとしない。

「ダーウ。ルリアは今からお勉強するので、離れて見守っていなさい」

「ダーウ、はなれててな？」

「……わふ」

渋々といった様子で、ダーウも移動する。

あたしの隣にスイが座り、ロアはスイが抱っこした。

サラの席は、あたしの正面、マリオンの隣だ。

食事が始まると、母は細かくあたしに指示を出す。

「ルリア、肘を突かないの。そして背筋を伸ばしなさい」

「あい」

「行儀が悪すぎます！　猿山の猿でももう少しましです！」

そういえば、猿の守護獣を見たことがないなとあたしは思った。

この辺りにはいないのだろうか。

「リディアを見なさい。お手本です」

「ふむ～。ねえさまが……」

あたしは姉をじっと見る。

「見られていると緊張するわね……。がんばって、ルリア」

「ん、まかせて」

姉は心配そうにあたしを見ながら食事を続けている。

「ほほう。あれが、人族の現代作法であるかー」

スイも姉を見ながら真似をしている。

「りゃむ？」

「おお、ロアも食べるが良いのである。ルリア！　ロアのご飯は我に任せるのである！」

「ありがと」

あたしはロアのことをスイに任せて、食事を続けた。

「食べ物を両手で摑まないの。はしたなすぎるわ！」

「そっかー」

「リディアはそんなことしていないでしょう！」

その時、上座で食事をしていた父が言う。

「アマーリア、初日なわけだし、あまり厳しくしても……」

「時間がないの。陛下の下《もと》で無作法を曝すわけにはいかないわ」

「……それは、そうなのだが」

父は心配そうにあたしを見つめていた。

「ふん！　肉はうまいな？」

「ルリア、食器をがちゃがちゃ鳴らさないの！」

「あい」

母が細かく指摘してくるので、あたしはその全てに応えていった。

本気になれば容易いことである。

「うーむ。これでばっちりだな？」

食事を終えたあたしがそう言うと、

「全然ばっちりではないわ」

「む？　そうかー」

どうやら作法というのは奥深いらしい。

「厳しくしすぎたかしら。でも、ルリアのためなの。わかってね」

母は少し悲しそうな表情であたしのことを抱きしめた。

「ん、わかってる！」

「この後すぐに食事以外での作法の練習をするつもりだったのだけど……」

母は父のことをちらりと見た。

「少し休憩した方がいいだろう。ルリアはまだ幼いのだから」

「そうね、少し遊んできていいわよ」

「わーい、サラちゃん、スイちゃん、あそぼう！」

「うん！」「遊ぶのである！」「ばうばう」「きゅ」「こっ」

あたしは自室で遊ぶことにした。

自室に向かうあたしたちに、兄と姉が付いてくる。

「……ルリア、大丈夫？」

姉は少し泣きそうな表情だ。

「なにが？」

「母上に、あんなに厳しく叱られたことなかっただろう？」

「可哀想なルリア」

兄がそう言うと、
姉があたしのことをぎゅっと抱きしめてくれた。

「しかられた……か？」

そんなに叱られたつもりはなかったので、驚いた。

「ルリアちゃん、元気出して？」

サラにも慰めてもらえる。

「えへ、へへへへ」

みんなが可愛がってくれるので少し嬉しくなってきた。

「よーし、がんばるぞー」

あたしはやる気満々だった。


一時間ぐらい休憩して、また、サラと一緒に作法のお勉強だ。

「背筋を伸ばして歩くの」

「こうか？」

「そうだけど、口調が良くないわ。こうですか？　はい」

「コウデスカ？」

「……まあいいわ、次はカーテシーよ」

あたしは母から、サラはマリオンから教えてもらう。

「サラ、そうね。それでいいわ」

「えへ」

「いいこ」

サラたちは和やかだ。

嬉しそうなサラを見て、あたしも嬉しくなってくる。

「えへへへ」

「にやけないの！」

「あい！」

夕食前まで作法のお勉強をして、夕食時も作法のお勉強だ。

「うまいうまい」

「うまいじゃないわよね？」

「とてもおいしいデス！」

「……まあ、いいでしょう」

そして、あたしは、ばっちり作法を身につけたのだった。


その日の夜。あたしはサラとスイ、ロアと一緒に眠る。

もちろんサラは自分の部屋をもらっているが、慣れるまでは一緒に寝ることになったのだ。

今夜のダーウはあたしたちの足元で眠り、コルコは窓際、キャロはヘッドボードにいる。

「ルリア～。ぎゅっとして欲しいのである」「りゃあ～」

「どうした？　スイちゃん、ロア、そんなに頭をこすりつけて」

布団の中に入ると、スイとロアがあたしに抱きついて甘えてきた。

あたしは、ぎゅっとスイの頭を抱きしめる。ロアのことも一緒に抱きしめた。

「いいこいいこ」

サラもスイとロアのことを撫でてあげていた。

「あんまり遊んでくれなかったから、スイはさみしいのである」

「作法の勉強がいそがしかったからなー」

「つまらないのである！」

スイはあたしの近くで作法の勉強を見ていたが、つまらなかったらしい。

「りゃむりゃむ」

「ロアもさみしかったかー」

ロアはあたしの服の袖をハムハム噛んでいた。

「あたしが陛下にあうまでのしんぼうだ」

「むう～。スイが陛下とやらをしばきまわしてやるのである！」「りゃむ？」

「だめだよ。とうさまのとうさまだからね？」

「む～……」

スイもロアもとても眠そうだ。

「ルリアちゃん、国王陛下は怖いってきいたよ」

「マリオンから？」

「んーん。男爵閣下から」

サラは実の父のことを男爵閣下と呼んだ。

きっと父と呼ぶことを許されていなかったのだ。

「あいつは、なんて言ってた？」

サラを虐めて、マリオンに呪いをかけていた前男爵など、あいつで充分である。

「えっと、血も涙もない、れいこくひどうな王だって」

「ほーそうなんだ」

「………………怖い奴なのであるな？　でもスイは強いから怖くないのであるが？」

半分寝ながらスイはそう言って、尻尾をもぞもぞ動かす。

ロアはもう眠っていた。あたしの袖を咥えながら寝息を立てていた。

「大貴族でも王族でも、さからったらひどいめにあうって」

「……王族ってルリアもであるな？　大丈夫であるか？」

「ルリアは孫だけど……王族かな？」

確か父は臣籍に降下したと聞いた気がする。

でも、父も兄も、それに姉とあたしもかなり高位の王位継承順位を持っているらしい。

継承順位は高いのに、臣籍。難しい問題だ。

「国王陛下は家族でもようしゃないらしいよ？」

サラは意外と詳しかった。

きっと、男爵はしばしば王について語っていたのだろう。

「むむ～。やっぱりスイが……なんとかするのである……すぅ……」

語りながらスイは寝落ちした。

そんなスイのことを撫でながら、あたしは尋ねる。

「しょばつされた逆らった貴族ってなにしたの？」

「獣人をどれいにしたらしいよ？　それぐらいでばっするとか良識がないっていってた」

「……………ん？　他にはなにかいってた？」

すこし風向きがおかしくなってきた。

「えっと、たみと貴族はちがうのに、貴族をたみとおなじように処罰するって」

「だかられいこくなの？」

「男爵閣下はそういってた。遊びで民を殺した程度で縛り首にするなんて非道すぎるとか」

「……………それは別に非道ではないのでは？」

あたしがそう言うと、サラは頷いた。

スイは完全に眠っていた。とても寝顔がかわいいので、サラと一緒に頭を撫でる。

「ママも国王陛下じゃなかったら、こんなにあっさり、みとめられなかったかもって」

「サラがだんしゃくをつぐこと？」

「そう」

あたしはともかく、サラが王宮に出向くのは男爵位の継承についてだ。

「そんなに、怖くなさそうだな？」

「わかんない。だけど、きびしい方なのは間違いないって」

あまり油断はできないが、恐れすぎる必要はないかもしれない。

「ルリアちゃん、大丈夫？　つらくない？」

「ん？　さほうのおべんきょう？」

「そう。おばさまもきびしいし……」

「そうかな？　そんなに厳しくないかも？」

あたしは褒められることの方が多い気がした。

「それにけっこうたのしいかも」

「そうなの？」

「うん！　なんでも新しくしれるのは、楽しいな」

「そっか、ルリアちゃん、すごいね」

そんなことを話しながら。あたしとサラは眠ったのだった。

◇◇◇◇

ルリアとサラが眠った二時間後。

「……」

目を覚ましたスイは、無言で寝台から起きあがる。

「あぅ？」

「しーっ。すぐ戻るのである」

気づいたダーウ、コルコ、キャロに囁くと、窓を開けて外に出る。

そして、夜闇の中を走り出した。

『スイ、何しに行くのだ？』

会話してもルリアが起きないぐらい離れたところでクロが語りかける。

「ん？　王に警告しに行くのである！」

『ルリア様はそんなことしなくていいっていったのだ』

「しなくていいのはしばらくことなのである！　脅すだけだからいいのである」

『へりくつなのだ』

会話しながら、森の中を走っていく。

ヤギ、猪、牛、それに鳥の守護獣のリーダーフクロウが、何事かと集まってきた。

「そなたたち、スイが離れている間、ルリアを頼むのであるぞ」

「めえ～」「ぶぼ」「もぅ」「ほほう?」

『いや、だから、スイも離れる必要もないのだ！』

「だがな、クロ。ルリアが作法の勉強で忙しいと、スイはさみしいのであるからして」

『それが本音なのだな！　脅さなくても……』

「でも、ルリアはかわいいから、王宮で育てるとかいいだしかねないのである！」

それをきいて、クロもヤギたちも、あり得るかもと思った。

なにせ、ルリアは尋常じゃなくかわいいのだから。

かわいい孫娘を手元で育てたいと、王が思っても何もおかしくはない。

「そうなったら、そなたたちも、ルリアと中々会えなくなるのである！」

『そ、それは……』「めぇ……」「ぶぼぼ……」「もぅ……」

「と言うことで行ってくるのである！　あ、王宮はどっちであるか？」

「めめぇ～」「ぶぼぼぼ」「ももぅ！」

「あっちであるな！　待っているがよいのである！」

「ほう！」

「お、頼むのである！」

ヤギたちに王宮の方角を教えてもらい、フクロウに案内してもらいスイは走った。

スイは少女の姿だが、本質的には強大な力を持つ竜、水竜公《すいりゅうこう》だ。

馬よりも何倍も速く駆けていく。

ルリアたちが眠ったのが午後八時頃で、スイが屋敷を出たのが十時頃だ。

そして、スイが王都近くに着いたのは十一時頃だった。

「あれが王都であるな？」

「ほっほう！」

「王都の壁などではスイは止められないのである！」

スイは街を囲む壁を簡単に乗り越えると、走って行く。

「これが王都であるな？　ルリアもまだ見たことのないという……」

「ほほぅ」

「そしてあれが、王宮であるな？」

そして、スイは王宮に忍び込む。

水竜公であるスイは、いつもは甘えん坊だが強大な力を持つ魔導師でもある。

スイが本気で姿を隠す魔法を使えば、王宮魔導師程度では見抜くことは容易ではない。

「国王はどこにいるのであるか？」

「……ほう」

フクロウはスイの肩に止まって、王の居場所まではわからないという。

「そっか、仕方ないのである。そなたたちはわからないのであるか？」

スイが尋ねたのは王宮にいた小さな精霊だ。

ルリアが住んでいる屋敷ほどではないが、王宮にも小さな精霊たちはいる。

『こっちー』

「ありがたいのである！」

スイは精霊の案内で王を目指した。

◇◇◇◇

眠るために寝室へとやってきた国王ガストネは固まった。

窓際に何者かが立っていたからだ。

黒い靄《もや》に覆われており、顔も体型も、何もかもがわからない。

「だ――」

「黙るのである」

恐怖でガストネは叫ぼうしたが、叫べなかった。体も動かない。

「魔法を使ったのである。叫べないし動けないのである」

窓際にいた何者かはいつのまにか背後にいた。

その何者かは少女の声でささやいた。

ガストネは先日襲われて大変な目に遭ったばかり。

それを思い出し、体がガチガチと震え始める。

――ドサッ
眼前に「影」が、天井から落ちてきた。
「不届きにも我に刃を向けようとしたから気絶させておいたのである」
――ドサッドサッ
背後からも人が倒れる音がする。
護衛に付いていた精鋭の「影」の者たちは全員倒れたようだ。

「叫べないけど、小さな声なら話せるようにしたのである」

そのような微調整は非常に難しい。しかも詠唱もなかった。

ガストネの声と動きに制限をかけ、同時に「影」を三人動けなくしたのだ。

どうやら、背後にいる少女は凄腕の魔導師のようだ。

それも王宮魔導師よりもずっと強力な魔導師だ。

前回、暗殺に失敗した敵が本気で殺しにきた。そうガストネは思った。

「…………何者だ」

「我か？　我はこの辺り一帯を支配する古の偉大なる竜、水竜公である。人族の王」

「……水竜公閣下だと？　グラーフの領地に現われたというあの？」

「おお、我を知っているのであるな？　それは説明が楽でよい」

ガストネは背後から首を掴まれる。小さな手だが力強い。

「王よ。お前は人族の中では比類無き権力を持っているのであろうな？」

「……何が言いたいのですか？」

「だが、その権力は竜には通じないのである。わかるな？」

「もちろん、わかっております」

たとえ王族であっても、竜には敬意を払わなければいけない。

それが掟であり、礼儀である。

この一帯を支配していると竜が言うならば、そうなのだ。

竜にとって、人族社会の国境など、犬の縄張り争いの境目と大差ない。

「我はルリアを気に入ったのである。ルリアをお前が独占しようとしたら暴れるのである」

「暴れる……と申しますと？」

「それはもう、暴れるのである。大変なことになるのである」

竜が大変なことになると言えば、本当に大変なことになる。

「ルリアの好きにさせるのである。勝手に嫁に出そうとしてもダメなのである」

「もし、私がそのようなことをしようとしたら……」

「もちろん暴れるのである。それはもう大変なことになるのであるからして」

混乱して恐怖に身を震わせていたガストネも、その頃には落ち着いていた。

落ち着けば、水竜公が、ルリアと一緒にいた少女だと声で気づける。

「水竜公閣下。ご安心ください。ルリアに危害を加えないとお約束しましょう」

「ふむ。それなら良いのである」

「水竜公。私はあなたにお会いしたことがある」

「む？」

「顔を見ていただければ、水竜公にも気づいていただけるかと」

それを聞いた水竜公はガストネの前へと回りこんだ。

水竜公は相変わらず黒い靄を纏っている。すごい魔法だ。

「あ、そなたは、うんちまみれだったおっさん！」

「……その通りです」

「そっかー。ん？　なんで王があんなところにいたのであるか？」

「悪い奴に命を狙われまして……」

「そっかー。王もたいへんであるなー」

そんな水竜公に、ガストネは正直に言う。

「私はルリアの幸せを第一に考えています」

「ほう？　それはいい心がけなのである！　嘘ではないのであるな？」

「もちろんです」

「ならば良いのである。嘘だったら、それはもう恐ろしいことになるのであるからして」

「肝に銘じます」

水竜公を包む黒い靄が消え、可愛らしい少女の姿が露わになった。

「王はすごく恐ろしい奴だという噂だったが、話がわかる奴で良かったのである」

「ははは。……あの、ルリアは元気にしておりますか？」

「うむ。元気なのである。最近では王に会うために作法の勉強をしているのである」

「作法の？」

「うむ。無作法だと、王が自分で育てるとか言い出しかねないゆえな！」

「そんなことは言いませんが……」

「そうであるな！　信じているのである！　ただ、作法の勉強は大変そうなのである」

「ほう？　大変とは？」

ガストネは、かわいいルリアの近況話をもっと聞きたかった。

「かあさまが厳しいであるからなー」

「ふむ。大変ですね」

「そう大変なのである」

会話しながら水竜公は倒れている「影」を起こしていく。

「これでよしである。我はルリアに黙って出てきたゆえな。ルリアが心配するから帰るのである」

「水竜公。我が孫のことをよろしくお願いいたします」

「うむ！　任せるのである」

そして、水竜公は窓から去って行った。

一人になると王は侍従を呼び出した。

「陛下お呼びでしょうか？」

「グラーフの娘ルリアとの謁見日を早めよ」

「……畏まりました」

◇◇◇◇

あたしが朝起きると、スイに抱きつかれていた。

「……全部食べていいのであるか？　ダーウ、それはうんちなのである」

スイは寝言を呟いている。

「えぇ……、スイちゃんはどんな夢をみているんだろ」

少し気になる。あたしはスイのことを撫でた。

「むにゃむにゃ。おいしいのである」

サラは棒人形のミアを抱っこして眠っている。

ミアにくっついてクロやロア、精霊たちが眠っていた。

「みんなもミアが好きなのか？」

あたしはサラとミア、そしてクロ、ロア、精霊たちのことを撫でる。

「……………………」

すると、あたしのことをじっとダーウが見つめていた。

「ダーウも撫でてほしいか？」

「……ぁぅ」

「よーしよしよし、コルコとキャロもおいで」

「こっ」「きゅ」

あたしが撫でまくっていると、

「お嬢様がた、朝ご飯ですよ」

侍女が呼びに来てくれた。

「すぐいく！　サラちゃん、スイちゃん、ごはんだよ！」

「…………ごはんたべる」

「……もう朝であるか……ふぁぁぁぁあああ」

スイは眠そうに大あくびをした。

「すいちゃんねむいか？」

「ねむいのである」

「ふーん。夜あそんでた？」

「なっ！　そんなこと、したことないのである！」

なぜかスイは焦っていた。

「そっかー、まあいいけど」

そして、あたしたちは着替えて、食堂へと向かう。

食堂には全員が揃っており、母が険しい顔をしていた。

「かあさまどした？」

「ルリア。どうしましたか？　でしょ？」

「どしましたか？」

「まあいいでしょう。……まずは座りなさい」

「あい！」

あたしたちが席に着くと、父が言う。

「今朝、陛下から早馬が来て、お昼に参内するようにと」

「え？　今日の？」

「そう、今日のだ」

「なるほどー。楽しくなってきたな？」

昨日身につけた、あたしの完璧なマナーを披露する機会が、早速やってきた。

「あなた、断れないの？」

「断れない。陛下からの召喚を断れば、それこそ叛意を疑われる」

「叛意って……ルリアはまだ五歳ですよ？」

「疑われるのは私だ。病気や怪我だろうと、這ってでも参内しろというのが陛下の方針だ」

国王はずいぶんと厳しい人らしかった。

「断れば、より厳しいことを言われるのは間違いない」

「参内しないという選択肢はないわけね」

母は深くため息をつく。

兄と姉も心配そうにあたしのことを見つめていた。

「殿下、一体、陛下はなにをお望みなのでしょうか？」

マリオンは不安そうだ。

「まだ、サラは陛下の御前に出る準備ができておりませんのに……」

「サラちゃん、がんば。いざとなれば、ルリアのまねをすればいいからな？」

「うん。きんちょうする……」

サラはもう緊張している。

「……ルリアはまだお手本になれるほどではないわ」

母が意外なことを言う。

きっと、あたしの作法は素晴らしいが、まだまだ調子に乗るなという意味に違いない。

「わかってる！」

あたしが元気に返事をすると、こちらを見ていた父が言う。

「陛下の狙いが何かはわからないが、こちらに準備をさせないつもりなのは間違いないだろう」

「やはり、作法がなっていないと叱責する気かしら」

母も心配そうな表情を浮かべている。

「かもしれぬ。だが、サラは大丈夫だろう。男爵位の継承は陛下も賛成なさっているし」

「そっかー、サラちゃんは緊張しなくていいよ！　よかったな！」

「う、うん……でも、ルリアちゃんだいじょうぶ？」

「ルリアはだいじょうぶだ」

あたしがそう言って胸を張ると、母は、

「そ、そうね、きっと大丈夫よ」

そう言って、泣きそうな顔で抱きしめてくれた。

「まあ、スイも大丈夫だと思うのであるぞ？」

「スイちゃんは、どうしてそうおもう？」

あたしが尋ねると、スイは動揺して尻尾を揺らす。

「え、えっとであるな？　そう思うからそう思うのであるな？」

「そっかー」

なんか怪しかったが、深く聞くのはやめておいた。

朝ご飯の時間も、作法の勉強だ。

「ルリア！　そうではありません。フォークの使い方は――」

「こだな？」

「違います」

あたしはたまに失敗しながらも、大まかには完璧だった。

そもそも、生まれついての気品がかもし出されているので、多少間違っても良い気がしてきた。

朝ご飯を食べ終わると、母に衣装を着せてもらう。


「ルリア可愛いわね。絵本のお姫様みたいよ」

「ルリア様。とてもお似合いですよ」

姉とマリオンはそう言って褒めてくれる。

「そっかー、でも動きにくいなぁ。やっぱりにいさまの服の方がいいなー」

「だめよ。ルリア。我慢しなさい」

「あい」

あたしの隣では、サラもドレスを着せられている。

「おおー、サラちゃんかわいい」

「そ、そうかな？」

「うん。すごくかわいい。こうみるとドレスってのもいいもんだなぁー」

「ルリアちゃんもかわいいよ」

「そっかー」

姉や母もサラのことを褒めていた。

ドレスを着たサラはとても可愛い。

着替え終わると、あたしたちは父の下に向かう。

「ルリア！　可愛いな！　いつもドレスを着ていてもいいのに」

そう言って、父はあたしのことを抱き上げる。

「とうさまは無茶をいう。これ動きにくいからな？」

「そうか。だが、とても可愛いよ」

「ルリア、とても似合っているよ」

兄も褒めてくれる。

「サラもとても可愛いし、綺麗だ。似合っているよ」

「ありがとうございます」

サラは緊張気味に父に向かって頭を下げる。

「うん。とても似合っている。陛下の前に出ても安心だ」

そう言って、兄はサラの頭を撫でた。

「ありがとうございます」

サラは頬を赤くして、照れていた。


そしてあたしとサラは王宮に向かって出発する。

同行するのは父と母、それにマリオンだ。

家を出て、馬車に乗るところまで、皆が見送りに来てくれた。

「ルリア、サラ。気をつけてね？」

「兄も、無事を祈っているよ」

「ねえさまも、にいさまも、しんぱいしょうだなぁ。だいじょうぶだよ！」

「がんばります！」

「わふ〜〜」

「だめなんだって。ダーウたちはお留守番」

ダーウたち、動物は王宮には入れないらしい。残念だが仕方ない。

「あぅ」

「よしよし」

キャロ、コルコ、ロアと棒人形のミアもお留守番だ。

「すぐに戻ってくるからまっててな？」

「きゅ～」「こぅこぅ」

キャロとコルコは不安そうだ。

「りゃむりゃむ～」

ロアの寂しそうな鳴き声を聞くと、あたしも悲しくなる。

「ロア。すまぬな？　なるべくはやくもどってくるからな？」

「りゃむ……」

「ロアたちのことはスイに任せるのである！」

スイも留守番することになっている。

「スイちゃん、おねがいね」

とても強いスイに任せれば、ロアのことは安心だ。

『返事はしなくていいのだ』

クロが急に地面から生えてきた。

『ルリア様は心配しなくていいのだ。守護獣たちはこっそり見守っているのだ』

空を見ると、守護獣の鳥たちが沢山飛んでいた。

「ん、ありがと」

そして、あたしたちは馬車に乗って出発する。

兄と姉、ダーウたちは見えなくなるまで見送ってくれていた。

馬車の中で、あたしは父と母の間に座る。

正面にはサラとマリオンが座っていた。

「サラちゃん、緊張してる？」

「してる」

「だいじょうぶだいじょうぶ。なるようにしか、ならないからね？」

そう言うと、マリオンは、

「流石はルリア様ですね。大物です」

と褒めてくれた。

「そっか？　えへへへ」

「ルリアの度胸を私にも分けて欲しいわ。手が震えて……」

「かあさまも、緊張することがあるのかー」

あたしにとっては、意外なことだった。

「もちろんよ。あとせめて一月。いや一週間あれば……」

そんなことを母は言っている。

「ルリア。大丈夫だよ。忘れてはいけないのは？」

「えっと、魔法をつかえるとか精霊がみえるって言ったらダメ？」

それは父と母からマナーの練習後、兄と姉がいないときに、何回も言われたことだった。

ばれたらあたしを利用しようとする者が現われるかもしれないらしい。

「水竜公の件も、よくわかりませんで通すんだよ？」

「わかってる」

解呪したりできると知られたら、教会が利用しようとしてくる可能性が高いらしい。

「サラもお願いね。ルリアのことは秘密にしてあげてね」

「はい、おばさま。ぜったい言いません！」

サラは力強くそう言った。


しばらく走ると王都が見えてくる。

「おおー、王都にくるのはじめてだ！」

「もっとゆっくり見せてあげられたらいいのだけど」

母は少し寂しそうに言った。

王都の中に入ると、馬車の速度がゆっくりになる。

「人がいっぱいだなぁ」

「すごい、お祭りかな？」

「サラ。お祭りではないわ。王都はいつもこのぐらい人がいるの」

「すごい！　ママは王都に来たことあるの？」

「あるわよ」

「すごい！」

そんなことを話している間に、王宮に到着する。

侍従に案内され、あたしたちは控え室へと向かう。

父が先頭を歩き、その後ろを母とあたし、更に後ろにマリオンとサラだ。

「……ルリア、堂々と胸を張って」

「ん」

母の小声にあたしも小さな声で返事をして胸を張って歩く。

「……あれがヴァロア大公のご息女ですか」

「髪が炎のようだ。まるで……」

そんなこそこそ話が聞こえてくる。

父と母がいるからか、露骨な悪口は聞こえない。

だが、蔑むような視線と、揶揄するような遠回しなささやき声は聞こえてくる。

きっとこれが、父と母があたしから遠ざけたかったものだろう。

「気にしないで。ルリア」

「わかってる」

赤い髪と目が恐れられているのは知っている。

今更、何を言われても気にならない。

控え室に入ってゆっくりしていると、侍従がやってきた。

「……宰相閣下がヴァロア大公殿下ご夫妻に内密のお話があると」

父はあたしとサラをチラリと見る。

「今日は子供と一緒に来ているのだ。またの機会というわけにはいかぬか？」

「是非にと。陛下のお考えについてのご相談があると」

今朝になって、急に今日謁見しにこいと無茶を言った理由についての説明だろう。

そう言われたら、父も断れない。

「……わかった」

父は立ち上がると、あたしを抱きしめた。

「ルリア。謁見までに戻ってくるつもりだが……これからの段取りはわかっているね？」

「うん、呼ばれたら、えっけんの間に入って、騎士がいるところで止まってカーテシー？」

「そうだ。陛下からもっと近くにと言われたら？」

「一歩前にでる」

「そうだ」

あたしは教えられていたことを答える。

「ルリア。あなたなら大丈夫。もし失敗しても母が後でなんとかしますから」

「ん。ありがと、でもあたし失敗しないので」

そう言うと、母はにこりと笑った。

両親が出て行くと、控え室にはあたしとサラとマリオンだけになる。

「謁見までに、とうさまとかあさまもどってくるかなぁ？」

「きっと戻ってきますわ。もしお戻りにならない場合でも私がいますから」

「ありがと、マリオン」

そんなことを話していると、侍従がまたやってきた。

「ディディエ男爵夫人閣下。内務長官がお呼びです」

ディディエ男爵夫人というのはマリオンのことだ。

マリオンは当主ではないが、実質的な当主ということで、閣下と呼ばれている。

「内務卿閣下が、私に一体なんの御用なのでしょう？」

「爵位継承の種類に関するご質問があると」

「何か不備が？」

「そういうわけではなく、謁見日が変更になったゆえの確認のようです。ご安心を」

書類の日付などの変更などが必要になったのかもしれない。

全部、王のせいだ。きっと内務省の役人たちは悲鳴を上げながら、作業をしているに違いない。

「わかりました。すぐ参ります」

そう言うと、マリオンはサラのことを抱きしめる。

「サラ、大丈夫。戻ってくるつもりだけど、戻ってこれなくても教えたとおりにすれば良いからね」

「うん。頑張る」

「失敗してもママが一緒に謝ってあげます」

「うん」

「サラは五歳なのだから、失敗して当然なの。それはみんな知っているわ。大丈夫」

「わかった」

そして、マリオンはあたしのことも抱きしめる。

「きっと、殿下がたもすぐにお戻りになりますわ」

「そだな」

「もし、間に合わなくてもルリア様なら、大丈夫です」

「うん。ルリアもそうおもう」

あたしがそう言うと、マリオンは笑顔になった。

そして、マリオンは心配そうにしながら、控え室から出て行った。


控え室にはあたしとサラだけが残された。

「まさか、こんなことになるとは……」

予定では父と母と一緒に行って、母の真似をすれば良いという話だった。

一応、一人で謁見する際の作法なども聞いてはいたが、それは今後のためだ。

「……きんちょうする」

「だいじょうぶだ。たぶんな」

さすがのあたしも少し緊張してきた。

だが、あたしが緊張していては、サラはもっと緊張するので、平気なふりをする。

あたしはサラの手をぎゅっと握る。サラは手に汗をかいていた。

「だいじょうぶだよ」

「うん」

そのとき、突然、部屋に男の子が入ってきた。

扉にノックもせず、入った後に扉を閉めもせず、ずかずかと入ってくる。

まったく作法がなっていない。あたしみたいに母に習えば良いのだ。

その男の子は身なりはよく、年の頃はあたしと同じか、少し下ぐらいだろうか。

「小さいからしかたないな？」

無作法でも許容してあげるのが年長者としての務めかもしれない。

そんなことを思っていると、男の子はあたしに人差指を突きつける。

「おまえ！　血みたいな髪だな！　ふきつだ！　厄災の魔女とおなじだ！」

「はあ？　おまえなんだ？　いきなり失礼なやつだな！」

あたしは立ち上がる。あたしに喧嘩を売るとは良い度胸だ。

喧嘩ならいくらでも買ってやろうではないか。

「なっ」

あたしに言い返されるとは思わなかったのか、男の子は少しひるむ。

だが、すぐに立ち直って、次はサラを見て、ずかずかと近づいてきた。

「おまえ、じゅうじんか？　王宮からでてけよ！　けだものがよー」

そう言って、サラのかわいい耳を右手で乱暴に摑んだ。

「いたい！」

サラが悲鳴を上げ、怯えて泣きそうになった。

このような暴言と暴力行為はとてもではないが、看過できない。

「たーっ」

あたしは跳んで、男の子の右手をはたいて、サラから離す。

「な、なんだお前」

「だまれ！　いらんことというのはこの口か？」

男の子の頰を右手で挟んで、ぶるぶると左右に振った。

「や、やめめめめめ。僕の父上をだれだとおもってるんだ！」

男の子は泣きそうになりながら、あたしの右手をはずそうと両手で摑む。

「しるか！　こんな可愛い女の子に暴力をふるったのはこの手か？　ゆるさんぞ！」

あたしは、先ほどサラの耳を摑んだ男の子の右の腕を、左手で握る。

「こんならんぼうな手はいらないな？」

あたしは左手で力一杯握りしめた。

「いた、いたいいたいよぉ、ふえええええ」

男の子は泣き始めた。

「泣いたからって許されるわけがない」

「うえええええ」

「泣いてないであやまれ！」

男の子の泣き声を聞いて、貴族の一人が入ってきた。

無作法な男の子が扉を閉めなかったせいで、外まで泣き声が響いたのだろう。

「なっ！　おやめください！」

「やめない。こいつがあやまるまでやめない」

「ふえええええ」

やめるつもりはなかったが、大人の力にはかなわない。無理矢理離された。

「おい、お前。反省しろ。そしてあやまれ」

「ふえええええ」

男の子は泣いていて、話にならない。

「女の子が暴力など。はしたないですぞ」

何も見ていなかったくせに、貴族はそんなことを偉そうに言う。

「そんなことはしらない。わるいのはこいつだ」

男の子が何をしでかしたのか、説明しようとしたのだが、

「殿下！」

別の身なりの良い男が部屋に駆け込んでくると、

「ふえええぇ！　こいつが僕のことをつねって……」

男の子はその男に抱きついた。

「貴様！　嫡孫殿下に対しての暴力！　許されることではないぞ」

嫡孫殿下ということは、王の嫡子の嫡子ということだろう。

つまり、あたしの従弟《いとこ》ということだ。

こんなやつが従弟とは嘆かわしい限りである。

「はあ？　先に暴力をふるったのはそっちだ！」

「話にならんな。おい。お前の親はだれだ？」

「これはあたしと、こいつの問題だ！」

あたしは父や母に言いつけるのもどうかと思ったのだ。

「女の癖に生意気な」

その男はあたしをにらみ付けてきたので、にらみ返した。

あたしの眼光が鋭かったからか、男は目をそらし、遅れてやってきた侍従に尋ねた。

「このガキの親は？」

「ヴァロア大公殿下です」

「…………こいつが例の不吉な厄災の魔女か！　けがらわしい！」

そう言って鼻で笑う。

「やはり性根が腐っているな！　後悔するが良い！」

捨て台詞を吐いて、男は従弟を抱っこして出て行った。

最初に入ってきた貴族の男も一緒に出て行き、従弟を慰めている。

「酷い目に遭いましたな。殿下」

「……うん」

外に沢山の貴族が集まって来ていた。きっと従弟の泣き声を聞いて野次馬しに来たようだ。

「一体何が？」

「ああ。ヴァロア大公の赤髪の娘が殿下に暴力を振るって」

「なんと！　やはり赤髪は気性が……」

「嫡孫殿下は、たとえ厄災の魔女とは言え、女だからと我慢されて……」

「おお、なんと素晴らしい人格者だ。将来が楽しみですな」

「立派でしたぞ」

そんな適当なことを話している。

「なんだ、あいつは。ゆるせんな？　あ、あいつってのはあの大人のほうな？」

従弟はまだ幼いのだ。きっと四歳だ。

だから、大人が言ったことをそのまま繰り返しているだけだろう。

だが、あんな大人に囲まれていてはろくな大人になるまい。

そういう意味では、従弟も被害者なのかもしれない。

「サラちゃん、いたくないか？　あの子供、らんぼうだったなぁ」

うちにはあんな乱暴な奴はいないので驚いた。

「サラは、だいじょうぶ」

あたしはサラの耳を見る。

「血はでてないな？　ほねとか、なんこつとか、いたくない？」

「ん、だいじょうぶ」

「ならよかった。ひどいことをいうやつもいたもんだね？　よしよし」

あたしがサラの頭を撫でて元気づけていると、

「ルリアちゃんもひどいことといわれてた」

「そうか？」

「うん。ゆるせない。いいこいいこ」

サラはあたしのことを撫でてくれた。

そこに別の侍従がやってくる。

「ルリア様。謁見の間にお越しください」

そう言って、恭しく頭を下げた。


謁見までに父も母もマリオンも間に合わなかった。

仕方がない。とはいえ、あたしは大丈夫だと思う。

だが、サラは心配だ。

「サラちゃんは？」

「時間が来ましたら、また、呼びに参ります」

あたしの謁見とサラの謁見は別々に行なわれるようだ。

「サラちゃん。謁見がおわったら、すぐ戻ってくるからな？」

「うん。一人でもサラはだいじょうぶだよ？」

「うんしょ。サラちゃんはだいじょうぶだ。ルリアがほしょうする」

「ルリアちゃん、がんばってね」

「まかせるといい。侍従の人。サラを頼むな。さっきみたいな変な奴が来ないように」

「畏まりました」

そして、あたしは侍従の後ろに付いて部屋を出る。

堂々と廊下を歩いて行く。

「こいつが例の不吉な……」

「修道院に入れるべきでしょうな？　ヴァロア大公殿下は一体何を考えているのか」

そんな悪意の言葉が聞こえてくる。

父母と一緒に歩いていたときより遠慮がない。五歳児だと思って舐めているのだろう。

あたしは気にせず、背筋を伸ばして、胸を張って堂々と歩く。

窓の外を見ると、守護獣の鳥たちが飛んでいた。

そして、あたしの周りにはぽわぽわ光る精霊の赤ちゃんたちが浮かんでいる。

あたしは一人ではない。だから、なにも怖いとは思わなかった。


五分ほど歩いて、謁見の間の前までやってくる。

あたしが到着して三分ぐらい経って、名前が呼ばれ、扉が開かれる。

あたしは、母に教えてもらったとおりに、堂々と歩いて中へと入った。

王のことは直接見てはいけないらしいので、視線を少し下げる。

だからといって、背中を丸めてはいけない。胸を張る。

そうすると、左右に並ぶ貴族たちが目に入る。

きっと大臣などの要職に就いている大貴族なのだろう。

左右に並ぶ大貴族の更に奥、つまり王と大貴族の間には左右に十人ずつ近衛騎士が並んでいた。

「なんと、本当に髪が血のように赤い。厄災の魔女のようだ」

「……不吉な」

「……陛下は修道院に入れるつもりでしょうな」

好き勝手なことを囁いている。

謁見の間で私語をしていいとは知らなかった。

「先ほど、嫡孫殿下に暴力を振るったとか」

なんと少し前に起こったばかりのことをもう知っている。

彼らは一体どんな情報網を持っているのか。

「なんと、やはり厄災の魔女の生まれ変わりか？　凶暴すぎる」

「嫡孫殿下が抵抗しないのをいいことに、殴り蹴り、いたぶり続けたとか」

「やはり性根が腐っている」

「その点、嫡孫殿下の心根の美しいことよ」

多少、むかついたが反論してもどうにもなるまい。

あたしは気にせずに歩いて行く。

そして、母の教え通り、近衛騎士の立っている場所で止まって、カーテシーをした。

我ながら、上手にできたと思う。

王に離れた場所で止まるのは、王の暗殺を防ぐためだ。

もし謁見する者が暗殺を企てても、距離があれば近衛騎士が防ぐことができるようにだ。

「……立ち居振る舞いはそれなりにできているようですな」

「形だけですよ。真に求められるのは性根ですからな」

色々言っているが、カーテシー自体は合格点だったらしい。

どや顔したいのを、我慢した。

「もっと近くへ」

王の横から声が聞こえたので、あたしは一歩前に出る。そう言ったのは侍従長だ。

「もっと近くへ」
あたしは更に前に出る。
「もっと近くへ」
侍従長が三回繰り返したところで、周囲がざわめいた。
王に近づくことを許されることは非常に名誉のことだと母が言っていたのを思い出す。
母は「ルリアは孫だから、慣習通りなら二回言われるわ」と教えてくれた。
普通は近くへと言われない。余程の大功をあげた者の場合や王族は一度言われる。
王の子供や孫は二度言われる。そういうものらしい。
近くに来いと三回言われるのは想定外だが、言われたら近づかないわけには行かない。
あたしはさらに一歩前に出る。
「もっと近くへ――陛下？」
さらに近くへと言った侍従長が慌てたように声をあげた。
同時に、周囲の重臣たちも一斉にざわめいた。
きっと四回も近くに来いと言われたことに驚いているのだ。
想定外のことが起きすぎている。
(かあさまにおしえてもらってないが？)
さすがのあたしも、ちょっと慌てる。
とはいえ、近くに来いと言われたのだから、行くしかない。

あたしが、一歩前に出ると、目の前に人がやってきたのが見えた。

王の姿を見ないよう、最初のカーテシーの後、あたしは少し視線を下に向けていた。

だから、顔は見えない。

誰だろうと思った瞬間、抱き上げられた。

「ルリア、よく来た！」

「……おお、あのときの」

それは、つい先日、うんちまみれで倒れていたおじいさんだった。

「だいじょうぶだったか？　しんぱいしてたんだ」

「ああ、ルリアのお陰でもう元気だ！」

おじいさんの声がでかい。

ふと、周囲を見ると重臣たちが混乱して、目を白黒させている。

「それはよかった……む？　えっと？」

あたしがこのおじいさん、何者だと疑問に思っていることが伝わったようだ。

おじいさんは笑顔で言った。

「余はルリアの祖父だ」

「おお！　そうだったのか。あ、まずい。ソウデシタカ。ヘイカ、オアイデキテ」

お祖父ちゃんということは、国王陛下だ。

今こそ母に教えてもらった作法の出番である。そう張り切って口調を改めたのだが、

「ルリア、口調はそのままでいい。余のこともじいちゃんと呼んでくれ」

「そっかー。たすかる。じいちゃん」

それを聞いて、重臣たちが一層ざわめいた。

「え？　陛下以外の呼び方を王太子殿下にも許しておられないのに……」

「なんということだ」

そういえば、父も王のことを陛下と呼んでいた。

ざわめきの中、王はあたしを右腕に抱えたまま、玉座に戻って座る。

あたしは抱っこされながら、王に尋ねる。

「急にどうした？　じいちゃんが今朝急に来いって言うから大変だったよ？」

「すまないなぁ。どうしても会いたくなってな」

「そっか。ならしかたないな？　それにしてもじいちゃんはどうしてあんなとこにいたんだ？」

「ルリアをこっそり見ようと思ってな」

「そうだったかー」

そういうことならば仕方ないと思う。

「じいちゃん、話にきいていたのと、だいぶちがうな？」

「おお、余についてはどう聞いていた？」

「めちゃくちゃこわいって」

あたしがそう言うと、重臣たちが顔を青くした。

だが、王は楽しそうに笑う。

「はははは！　そうか、実際にあってどうだった？」

「やさしそうだな？　とうさまに似てる」

「そうか、グラーフに似ているか。余はルリアには優しいぞ」

「そっかー、あ、サラちゃんにも優しくしてあげてな？」

「もちろんだ。サラもルリアも余の恩人である。侍従長、サラも呼んでくれ」

「御意」

「おお、忘れるところだった。グラーフとアマーリア、それにディディエ男爵夫人も呼べ」

「御意」

それから、王はあたしの頭を撫でながら、怖い表情になった。

「……可愛いルリアについて、何か聞き捨てならぬことを言っていた者がいたな？」

そう言ってから、王は重臣たちを順に睨み付ける。

あたしに陰口を叩いていた重臣たちは顔を真っ青にして背筋を伸ばしている。

「宮中伯。お主は何と申した？」

王に宮中伯と呼ばれたのは、あたしのことを性根が腐っていると言った奴だ。

「え……あ、はい。それは……、大変可愛い姫君だと」

「違うな？　まさか、余に虚言を弄するつもりか？　正直に申せ」

王に睨まれて、宮中伯は青い顔をさらに青くする。

脂汗を流し、目をきょろきょろと、動かしていた。

「……いえ、私めは……」

「余に隠し立てをするのか？　それはなんだ？　まさか叛意を持っておるのではなかろうな？」

「め、めっそうもございません！」

「ならば、はやく話さぬか。この期《ご》に及んで虚言を弄せば、わかっておるだろうな？　宮中伯」

王に睨まれ、宮中伯は観念したのか、震えながら口を開く。

「…………性根が……腐っていると」

「誰のだ？」

「……姫君の、ですが！　これは誤解です。私は噂を口にしただけであり、もちろん、根も葉もない噂を口にしたことは恥ずべきことにございまするが、私めの真意などではなく！　私めの真意は、そのような噂もあるが、実に聡明で慈悲深そうな姫君だと、続けるつもりでありました！　それは嘘ではなく、そして、実際に姫君を見て、その確信を強くしたものであります！　まことに姫君には失礼なことをいたしました！　いかようなる罰をも受ける所存でございます」

宮中伯は土下座して、大きな声で、早口で、一気に話した。

「そうか、宮中伯はそう考えるか」

「はい！」

「そなたたちはどうだ？」

そう言って、王は重臣たちを見回した。

「全く同意見でございます！」「ええ、誠に慈悲深そうな姫君で……」

「性根が腐っているなど、そんなことを言う者は自らの不明を恥じるべきです」

重臣たちは口々に追従する。

「……そうだ。ルリアの性根は腐ってなどいない」

「はいっ！　まことにその通りでございます」

「慈悲深く、聡明で、五歳とは思えぬ。王室の宝だ」

「はい！　私めもそう心から思うものであります！」

宮中伯は土下座したままだ。

「ゆ――」

あたしが「許してあげたら？」と言おうとしたら、王は人差し指を口に当てる。

しばらく黙っているようにと言うことだろう。

「宮中伯の他にもまだいたな？」

「…………」

重臣たちは静まり返っている。

「内務卿。そなたはルリアについて何と言った？」

「そ、それは……」

「言うまでもないが、虚言を弄すれば、わかっておるな」

「…………赤い髪が……厄災の魔女のようだと」

「ほう？　このルリアの髪が？　厄災の？　魔女のようだと？」

「ち、違うのです！　陛下！　お許しください！　厄災の魔女も赤髪だと伝わっているが、それとは異なり、実に美しい赤だと！　姫君の髪は非常に美しく、それを見て、厄災の魔女などと言う奴はおるまいと言いたかったのであります！」

内務卿も、宮中伯と同様に土下座しながら、大声かつ早口で弁明した。

「ほう。内務卿はそう考えるか。そなたたちはどう思う？」

王は再び重臣たちを眺める。

「全く以《もっ》てそのとおりであります！」「姫君を厄災の魔女などとんでもない話でございます！」

「もしそのような者がいるならば、その者は目が腐っているのでありましょう！」

王は重臣たちの追従を無表情で聞いていた。

「内務卿。そなたに聞きたいことはまだある」

「なんなりと、お尋ねください！」

土下座したままの内務卿に王は冷たい声音で言った。

「そなた、ディディエ男爵夫人を、ルリアから引き離したな？」

「め、めっそうもございません！」

「五歳児を一人で王に謁見させて、なにがしたかったのだ？」

「誤解であります。男爵領の継承について詰めの話が……」

「ならばなぜここにいる？　ディディエ男爵夫人と詰めの話をしているのではないのか？」

「…………申し訳……ありません」

王は呆れたようにため息をついた。

「大方、ルリアに恥をかかせようと思ったのだろう。誰に命じられた？」

「……恥をかかせようなどとは……ただ、ほんの少しのいたずら心で、自分で考え……」

「二度とするな」

「御意」

そして、王はあたしの頭を撫でる。

「ルリアが失敗していたら、そなたの首は文字通り落ちていたぞ」

「肝に銘じます！　二度といたしません」

「ルリアが特別に聡明な子供だったから、問題なかっただけだ。感謝せよ」

「は、はい！　ルリア様。ありがとうございます」

「気にしてない」

「ありがとうございます。なんと慈悲深い……」

内務卿は土下座したまま、涙声で返事をする。

「次に宰相」

「私は誓って、姫君に陰口など叩いておりません」

「知っておる。ずっと黙ってにやにやとルリアを見ていたな」

「ニヤニヤなどと！　実に可愛らしい姫君だと、つい微笑んでいただけであります！」

「ルリアを見て微笑む気持ちはわかるがな」

「はい。その通りでございます！」

ほっとした様子の宰相を、王は睨み付けた。

「だが、なぜヴァロア大公夫妻をルリアから離した？」

「そ、それは、謁見の打ち合わせを……」

「内務卿と同じようなことを申すのだな？　まさか内務卿に命じたのはお前か？」

「め、めっそうも……」

「正直に申した方が良いぞ？　調べはついている。そして余は虚言を嫌う」

「…………申し訳ありません」

「なんのためだ？」

「……姫君がどのような方なのか、試してやろうと不遜なことを考えておりました」

きっと、本当のところは、恥をかかせてやろうと思ったのだろう。

だが、そう言ったら、王が激怒しそうだから、少し変えたのだ。

「そうか。試したか。二度とするな」

「御意」

そして、王は重臣たちを、改めて見回した。

「さて、不埒者は多くいたが、余は全てを把握しておる」

王の言葉で、重臣たちは身を震わせる。

宮中伯と内務卿は、未だ土下座したままだ。

「全員を処罰してもよい。いや、処罰すべきかもしれぬ」

陰口を叩いた重臣たちは全員身を震わせている。

陰口を叩いていない重臣たちも、陰口に同意するように頷いたり、微笑んでいたりもした。

処罰の範囲がどこまで拡がるかわからないので、重臣たちは心底怯えている。

「ルリア。どうしたらいい？」

「んー？　むむ？」

王は笑顔で言う。

「好きにしてよいぞ」

王の言葉で、重臣たちはすがるような表情であたしの顔を見た。

「……ゆるしてあげたら？」

「よいのか！　あれほど酷いことを言われたというのに！」

王は大げさに驚いた。

「いいけど……。あやまってたし？」

「おお！　ルリアは慈悲深いな」

「そうかな？　そんなにたいしたこと言われてないとおもう」

「なんと寛大な！　お前たち。首の皮一枚繋がったな。ルリアに感謝せよ」

「「ありがとうございます」」

重臣たちは一斉に頭を下げた。

「宮中伯。内務卿。そなたらも頭を上げよ」

「ははっ」

王から初めて許しが出て、やっと二人は立ち上がる。

「そなたが生きているのはルリアのお陰だ。肝に銘じよ」

「御意」

そして、宮中伯と内務卿は、涙を流しながら跪きあたしに向かってお礼を言った。

「気にしないで？　なかよくしような？」

「ありがたきお言葉！」「卑小の身にもったいなきお言葉！」

重臣たちが頭を下げ、宮中伯と内務卿が跪いて涙を流しているところに、侍従長がやってくる。

そして、王の耳に囁いた。

「ヴァロア大公殿下ご夫妻。ディディエ男爵夫人親子がご到着です」

「ん、入ってもらえ」

そして謁見の間の扉が開き、

「え？　陛下。この状況は一体？」

父と母、サラとマリオンがやってきた。

父は王の膝の上に座るあたしを見て、一瞬だけ顔を歪めた。

◇◇◇◇

ルリアと別れて、グラーフとアマーリアは宰相の下へと移動した。

宰相は非常に低姿勢だった。まず丁寧に謁見が早まったことなどを詫びたのだ。

それから、極秘の書類を取ってくると言い部屋を出て行った。

そして、宰相は戻ってこなかった。

三十分ほど待たされて、グラーフは呟いた。

「……宰相はルリアと私たちを離したかったのか？」

「……ルリアに恥をかかせるために？」

アマーリアの目に怒りが浮かんでいた。

並みいる重臣たちの前で、五歳児を一人で王に謁見させるなど、ありえないことだ。

「……もしそうならば、ただでは済まさぬ」

グラーフがそう呟いた直後、侍従の一人が謁見の時間だと呼びに来た。

「ルリアは？」

「既に謁見の間におられます」

その答えでグラーフは宰相の悪巧みを確信した。

ヴァロア大公を舐めたことを後悔させてやる。そう心に決めて謁見の間に向かった。

謁見の間の前には既にサラとアマーリアがいた。

「……殿下」

「なにやらよくないことが起こっていそうだ」

心配そうにしているアマーリアにそう返すと、グラーフはサラの頭を撫でる。

「だが、大丈夫だ。練習通りにすればいいからね」

「はい」

サラの緊張を取るために、グラーフは微笑んで優しくそう言った。

すぐに中から呼ばれ、扉が開かれる。

中に入って、グラーフは一瞬固まった。

ルリアが王の膝の上に座っていたからだ。

「グラーフ。少し立て込んでいてな、通常の謁見ではなくなってしまった」

王は機嫌良さそうに笑顔で言う。

「そなたら、グラーフが来たゆえ、道を空けよ」

王の言葉で、重臣たちが左右に分かれて、いつもの位置に戻っていった。

「グラーフ、それにアマーリア、ディディエ男爵夫人とサラ。こちらに来なさい」

「はい」

グラーフが考えたことは、ルリアを人質に取られたということだ。

最悪の場合、ルリアだけでも取り返さなければなるまい。

その場合、敵は二十人の近衛騎士。

普通に戦えば後れを取るつもりはないが、ルリアを守りながらとなると難しくなる。

頭の中で戦いを組み立てながら、グラーフはゆっくりと歩みを進めた。

左右に近衛騎士が立っている位置まで来て、グラーフは跪く。

その少し後ろで、アマーリアとサラ、マリオンがカーテシーをする。

「グラーフ。そなたは相変わらず油断せぬのう？　皆もっと前に来い」

王はやはり自分が警戒されていることに気づいている。

「いえ、そのようなことは」

そう言いながら、グラーフは一歩前に出る。

「ルリアを人質に取られたとでも思ったか？」

王がそう笑いながら言ったとき、グラーフは死を覚悟した。

今朝、急に呼び出されたが、それは粛正時に兵を整える準備時間を与えないための常套手段だ。

さらに戦闘能力が高いグラーフを確実に仕留めるために、ルリアを人質に取ったのだろう。

ルリアだけでは不十分だと考えたのか、アマーリアたちも同時に呼んで枷《かせ》にしている。

(我が父ながら、なんという周到さだ)

グラーフは呆れると同時に、感心していた。

猜疑心の塊のような王がここまで準備したのだ。抵抗も無意味だろう。

「陛下。お戯れを」

あと一歩近づいたあと、近衛騎士に一斉に襲われれば逃げることはできない。

確実に自分を暗殺できる布陣だ。

自分の命と引き換えにルリアやアマーリア、サラたちの助命を願うしかない。

だが、王がそれを受け入れてくれるか。

屋敷にいるギルベルトやリディアも無事逃げてくれるだろうか。

「グラーフ。よいぞ。そのぐらい警戒しておかねばなるまいよ」

だが、王からは全く殺気を感じなかった。あくまでも笑顔で機嫌が良い。

「はい。大切な娘ですから」

王の真意がわからない。

「グラーフが警戒するからな。ルリア。グラーフのところに戻るがよい」

「わかった」

王は驚いたことに、人質であるはずのルリアを放した。

ルリアは元気にぴょんと王の膝から飛び降りると、こちらに走ってくる。

「……ルリア」

グラーフは跪き、視線をルリアに合わせて、抱きしめた。

「陛下になにもされなかったかい？」

隣に立つアマーリアにも聞こえないぐらい小さな声で囁いた。

「だいじょうぶ。優しかったよ」

会話の内容よりルリアの声音の明るさで、グラーフは安堵した。

緊張が解けたグラーフに、王は笑顔で言う。

「さて、とっとと面倒な手続きから、済ませておこうか。侍従長」

「はい。ヴァロア大公の猶子にして、ディディエ男爵が嫡子、サラ・ディディエ。前へ」

侍従長にそう言われて、サラは一歩前に出る。

「もっと近くへ」

「はい」

サラはさらに一歩前に出る。

緊張のあまり右手と右足が同時に出ている。だが、笑う者は誰もいない。

「なるほど？　さっきあたしを馬鹿にして、めちゃくちゃおこられたからな？」

ルリアがぼそっと呟いた。

「きっと、サラのために怒ったのだなぁ」

ルリアはサラを馬鹿にさせないために、王が怒ったと考えているらしい。

だが、そんなことを王がするわけがないとグラーフは考えていた。

「侍従長」

「はい」

侍従長は王に紙を手渡す。

「これよりサラ・ディディエをディディエ男爵に叙そうと思う。異議のある者はいるか？」

通常このような問いかけはない。叙爵は王の専権事項だからだ。

つまり、王が問いかけるということは、反対しろというのと同義。

そのうえ、サラは獣人だ。

獣人を叙爵することに反対する貴族は少なくない。

グラーフはそいつらが反対意見を述べたときに、反論する準備をする。

だが、異議はあがらない。重臣たちも少し困惑しているようだった。

「陛下、畏れながら……」

そうおずおずと言ったのは獣人の叙爵に反対派の急先鋒でもある内務卿だ。

内務卿は王が反対しろと言っていると理解したに違いない。

「おお、内務卿。意見を聞こう」

「はい、まず獣――」

「ちなみにだが、サラはルリアの乳母子《めのとご》で友達だ。そうだね？　ルリア」

「そう！　めのとご！　なかがいいんだよ！　ね！」

ルリアが元気に返事をする。

王に対してふさわしい口調ではないが、咎める者は誰もいなかった。

「ルリアはどう思う？　サラが男爵になった方が嬉しいかい？」

「うれしいというか、サラはだんしゃくになるんじゃないの？」

ルリアは首をかしげながら、そう言った。

サラが男爵になるのは当然で、聞かれるまでもないと思っているようだ。

「そうだね。……で、内務卿、なんだったかな？」

王はにこやかに内務卿を見た。

「サラ・ディディエ卿は幼いながらも聡明であり、まさに男爵位にふさわしいかと！」

内務卿が賛成して、グラーフは驚いた。

獣人に爵位を与えることは伝統に反する等と、文句をつけると予想していたからだ。

グラーフは反論のために爵位を与えられた獣人の過去の記録を調べて用意していた。

「ほう？　他の者は？」

「賛成です！」「まさに男爵位にふさわしい！」

重臣たちからは賛成の声しかあがらなかった。

「うむ。そなたらの中には、獣人だからと反対する者がいると思っていたが？」

「滅相もない！」

重臣たちは全力で否定する。

「うむ。全員が賛成のようだな。サラ・ディディエ。そなたをディディエ男爵に叙する」

王の言葉を受けて、ガチガチに緊張したサラは、ぎこちなく跪いた。

「ありがとうございます」

「マリオン・ディディエ。サラは幼い。成年まで代理として男爵領を治めよ」

「御意」

「グラーフ。アマーリア。猶父猶母として、ディディエ男爵の後見人となるがよい」

「畏まりました」「仰せのままに」

こうして、王はディディエ男爵領について決めていく。

「ディディエ男爵。面倒が起きれば遠慮なく余に申すがよい」

王がそう言うと、重臣たちはざわめいた。

実質的に王自ら後見人となると宣言したようなものだからだ。

そして、王自らが後見人になるなど、王族以外にはあり得ないことだ。

つまりサラを王族に準ずる扱いにすると宣言したようなものだ。

「ありがとうございます」

王の真意に気づかずに、サラはお礼を言った。

◇◇◇◇

サラの叙爵が終わり、あたしたちは謁見の間から退室した。

入った時はあたし一人だったが、出るときはみんな一緒だ。

「きんちょうしたー。ルリアちゃんは、一人でだいじょうぶだった？」

緊張から解放されたサラはとても元気だ。

「ルリアはだいじょうぶだった」

「すごい！　サラは緊張してうまくできなかった……ルリアちゃんは緊張しなかった？」

「しない。ルリアの完璧なさほうに、みなびびってた」

「おおー。さすがルリアちゃん！」

そんなことを話しながら、あたしたちは侍従の案内で王の私室へと向かう。

王が、話があるから待っているようにと言ったからだ。

応接間でも控え室でもないのは、王の信頼の証に違いなかった。

王の私室は、謁見の間からは、少し離れた場所、王宮の最奥に近い場所にあった。

「ここが王の部屋ってやつかー。いがいとじみだな？」

あたしたちは王の私室へと入る。

控え室の内装は豪華だったが、王の私室は質素だった。

「ほほう？　あっお菓子がある！　これ食べていいのか？」

テーブルの上にお菓子が載っている。

あたしとサラは、返事を聞く前にお菓子を食べるために椅子に座った。

「どうぞ、ご自由にお食べください」

「ありがと！　サラちゃん食べよう」

「うん！」

あたしとサラがお菓子を食べていると、父たちは真剣な表情で相談し始めた。

父たちが座るのはローテーブルの前に置かれた長椅子だ。

父たちの前のテーブルにもお菓子が載っているが、誰も手をつけていなかった。

「陛下の真意がわからぬ」

「悪意ではないと思うのだけど……」

「サラのことを認めてくださっているのは間違いないように思いますが……」

部屋の中には侍従もいるので、とても小声だ。

あたしは耳がとても良いので聞こえるが、侍従には聞こえていないだろう。

どうやら、父たちは、王の狙いがわからないらしい。

きっと、そのうち王が来て説明するに違いないので、あたしは気にせずお菓子を食べる。

「このクッキーうまいなぁ！　ね、サラちゃん」

「うん、美味しい」

「ねえ、このクッキーどこでかったの？」

「これは王宮の料理人が焼いた物ですよ」

侍従が教えてくれる。

「おおー。さすが王宮のりょうりにん。すごいねぇ。ありがとうと伝えて？」

「お褒めの言葉ありがとうございます。料理人も喜ぶことでしょう」

「うん」

「紅茶をお淹れしましょうか？　それともミルクの方がお好みでしょうか？」

「そだなー。こうちゃがのみたい！　さとうとミルクがたくさん入ったの。サラちゃんは？」

「サラも同じのがいい」

「かしこまりました」

侍従は父たちにも飲み物の好みを聞いてから、退室した。

すると、父があたしに向かって真剣な表情で言った。

「ルリア」

「ん？」

父は部屋の中を無言でぐるりと見回した。

「王宮にはどこに誰がいるかわからないんだ」

密偵とかそういうやつだ。あたしは詳しいのだ。あたしも部屋の中を見回した。

「ほほう。あれだな？」

周囲にはふわふわと精霊が浮かんでいる。

『この部屋には床下とか、天井裏とか壁の裏とかに隠れている奴はいないのだ』

「おお」

こっそり付いてきてくれていたクロが、床から顔を出して教えてくれた。

密偵の類いはいないようだが、父が警戒しているので、サラと一緒に父の近くに移動する。

お菓子のお皿も一緒に持っていくことを忘れてはいけない。

「……ルリア。父が去ってからのことを教えてくれるかな？」

父が小声で話すので、あたしも、お菓子を食べながら小声で話す。

「…………そだなー。もぐもぐ。どこから話せば良いか……まずマリオンも呼ばれてー」

マリオンが呼ばれて、二人になった後、あたし一人で謁見の間に向かったこと。

そこで重臣たちが色々言っていたけれど、王に抱っこされたこと。

そして、王が激怒して、重臣たちが平謝りしたことを。

そんなことをあたしは語った。

サラを虐めた従弟のことは言わなかった。

あれはあたしとサラと、従弟との問題だ。

なにかあれば、またボコボコにしてやればいい。

もし従弟の親が出てきたら、そのときに父に言いつけてやれば良いだけだ。

「ルリアは陛下のことをどう思った？」

父は一層声を潜める。

「じいちゃんのこと？」

「ルリア。陛下と呼びなさい」

母に窘められたが、

「じいちゃんが、じいちゃんと呼べっていったんだよ？」

あたしがそう言うと、父が固まった。

「陛下が、本当にそう言ったのか？」

「そう」

「我が子にも父と呼ばせなかった陛下が……」

直後、扉が開かれて、王が入ってくる。

慌てて、立ち上がろうとする大人たちを手で制すと、王はあたしの隣に座った。

王の後ろから侍従が付いてきて、素早く全員の前に紅茶を置いていく。

「ありがと！」

あたしはお礼を言って、紅茶を飲んでクッキーを食べた。

「紅茶もクッキーもうまい……さすがは王宮のりょうりにん」

「気に入ったか？　お土産に持たせよう」

王が侍従に目を向けると、侍従は静かに頷いた。

「これうまい。じいちゃんもたべたほうがいい」

「おお、ありがとう」

王はあたしからクッキーを受け取って食べながら言う。

「どこまでグラーフに説明したのだ？」

「んーっと……」

あたしは改めて大体説明する。

「ん？　コンラートについては何も言っていないのか？」

王は意外そうな表情を浮かべた。そもそもコンラートとは誰だ？　初耳である。

「だれそれ？」

「控え室にやってきたバカのことだ」

「あー、あいつかー。あいつコンラートっていうのか」

「じいちゃんが、叱っておこうか？」

「ん？　いい。あとでルリアが決着をつける。おとなの助けはかりない。あ、サラちゃんは？」

「サラもそれでいい」

それを聞いて王は「ふむ」と呟いた。

「だが、あのバカのふるまいは叱られてしかるべきだと思わないか？」

「たしかに？」

獣人なら馬鹿にしても許されるという考えは正さねばならない。

「でも、コンラートはまだちっちゃい子供。何がわるいかわからなくても仕方ない」

「大人の責任ということだな？」

「そうそう。コンラートの奴は、大人の言っていることを真似しただけだろうし」

「そうだな、それも含めて、余の方から手を打っておこう」

王は「愚かなガキでも、仮にも未来の王になるやもしれぬガキだからな」と呟いた。

「グラーフ、そなた育て方がいいな？」

「畏れ入ります」

「ルリア、ちなみにコンラートは六歳。ルリアの一歳上だぞ」

「なんと……赤ちゃんだと思ってたのに……年上だったか……。サラちゃんびっくりだな？」

「サラは年上かなっておもってた」

「なんだと……」

今日一番の衝撃だった。王は楽しそうに笑う。

そんな王を見て、父は一瞬ぎょっとしていた。

きっと父が見たことのない類いの笑顔だったのだろう。

「グラーフ、話に付いていけてなさそうだから、余から説明しよう」

そう言って、王はコンラートのしでかしたことを父たちに語る。

なにやらコンラートが控え室でしでかしたことを、王はかなり正確に把握していたらしい。

「なんと、そのようなことが……」

「とうさま。だいじょうぶ。泣かせておいた。謝らせるのは失敗したけど次はうまくやる」

「ルリア。それも含めて報告しなさい。告げ口になるかもとか考えなくて良いと言ったね？」

「……あい」

そういえば、そんな約束をしていた気がする。反省しなければならないかも知れなかった。

「だが、サラのために怒れたのは良いことだ。よく頑張ったな」

「うん！」

父に褒められて嬉しくなった。

そして王もあたしの頭を撫でてくれた。

「グラーフ、余の振る舞いが意外だっただろう？」

王は楽しそうだ。

「はい。正直に申しまして驚きました」

「そうだろう。なぜ余が変わったのか、説明せねばなるまい」

そして、王はゆっくり語り出した。

疑心暗鬼に陥って、あたしを利用しようと自ら様子を見に行ったこと。

そして、暗殺されかけたこと。惨めに死ぬことを覚悟したこと。

その苦しみをあたしとサラに救われたこと。

王の話をあたしとサラはお菓子を食べながら聞いていた。

「糞尿まみれのみすぼらしい老人を、何の躊躇《ためら》いもなく助けてくれたのだ」

そう言って、王はあたしとサラを見る。

「何の見返りも見込めないというのに。手が汚れることも厭わずだ」

王はサラを膝に抱き上げた。

「余はルリアに尋ねた。なぜ助けてくれたのかと。ルリア。何と答えたか覚えているか？」

「もぎゅもぎゅ……いや、あんまり？　もぎゅもぎゅ」

そんなことを聞かれた気もするが、あまり覚えていない。

どちらにしろ大したことは言ってないはずだ。

あたしがテーブルから運んだクッキーはもう空になった。

今はローテーブルに元々あったクッキーを食べている。

王宮のクッキーは、とにかくうまかった。

「ルリアはこう言ったのだ。子犬が井戸に落ちかけていたら、誰でも助けると」

「子犬ですか？」

「そうだ。王だから、身分のある者だから、立派な者だから助けるのではない。見返りを求めて助けるわけでもない。助けなかったそしりを免れようとしているわけでもない。ただ救おうとして咄嗟に手が出る。それだけのことだと」

　王は少し興奮気味だ。

「そういうことであろう？」

「もぐもぐ……たぶん？　ごくごく」

　よくわかんないが、そうかもしれなかった。

　クッキーも美味しいし、紅茶も美味しかった。手が止まらない。

「命の恩人であるルリアとサラの無私の心に余は感動した」

　それで猜疑心の塊だった自分が変わったと王は言う。

「それゆえ、余はルリアとサラのためなら何でもしようと決めたのだ」

「……ありがとうございます。ですが、陛下。どうして今朝急に？」

「ああ、それはだな。昨夜水竜公がやってきて、作法の勉強が大変そうだと言ったのだ」

　だから、早めに呼んで、作法の勉強をしなくても良いようにしようと考えたのだと言う。

「スイちゃんが来ていたとは。もぐもぐ。今朝はいつも通りだったけどなー」

「以前の余しか知らないグラーフは、ルリアに完璧な作法を身につけさせようとするであろうし」

「ならば、そう言ってくだされば良かったのに」

「言ったところで信じないであろう？」

「……それはそうかもしれませんが」

父と王が話している間、あたしは王の横で、完璧な作法でクッキーをバクバク食べる。

それから、大人たちは難しい話をし始めた。

獣人に爵位を与えることに反対する派閥を掣肘《せいちゅう》するためにどうのこうのとか。そういう話だ。

そして、クッキーの皿も空になったので、あたしたちは部屋の中を調べることにした。

「おお、かっこいい。なにこれ？　なににつかうんだ？」

あたしは壁に掛けられていた仮面が気になった。

それは、狐を模した仮面だった。白いのと黒いのがある。

「ああ、それは隣国の王にもらった、魔除けの仮面だ」

父と話していた王が、笑顔で教えてくれる。

どうやら、隣の国のお土産らしい。

「ほーかっこいいな？」

「そうだろう。このかっこよさがわかるとは、ルリアはセンスが良いな」

「えへへへ」

「よし。センスのいいルリアにその仮面をあげよう！」

王は立ち上がると、壁から白と黒の仮面を取って、あたしに差し出す。

「いいの？　じいちゃんのは？」

「実はまだ沢山ある。それに、それはルリアの顔にぴったりだろう」

王はあたしの手から仮面を取って、自分の顔に当てる。

「たしかに。じいちゃんだと小さいな」

「そうなんだ。子供向けなんだろう。だから気にせずもらってくれ」

「やったー。ありがとじいちゃん！」

あたしがお礼を言うと、王は嬉しそうに微笑んだ。

「あ、サラちゃんに一つあげていい？」

「もちろんだよ。そのために二つあげたのだからね」

「陛下、ありがとうございます」

サラは丁寧に頭を下げる。

「……サラ、余のことは、ルリアと同じようにじいちゃんと呼んでくれ」

「そんな。おそれおおい」

マリオンが慌ててるが、王は笑顔で言う。

「余の頼みだ。聞いてくれるな？」

「わかりました。おじいさま」

さすがにサラは、気安すぎて、じいちゃんとは呼べなかったらしい。

「ん。ありがとう。これからもよろしくな。サラ」

「はい。おじいさま」

王は嬉しそうにサラの頭を優しく撫でた。

それから、あたしとサラはしばらく部屋の中を探検したが、すぐに飽きた。

「サラちゃんと一緒に庭にいってくる！　あ、仮面は落とさないようにかあさまもってて！」

仮面を母に預けると、あたしとサラは応接室から庭に出た。


王の私室の外には、綺麗に整えられた庭があった。

きっと、王がゆっくりするための庭に違いない。

「サラちゃん、狐仮面、白と黒どっちが好きだった？　選んでいいよ？」

仮面をくれた王の前で、どっちが良くないとか喧嘩になったらいけないので選ばなかったのだ。

「うーん。白いやつかなー？」

「わかる。黒もかっこいいけど、白もいいよね」

一瞬、名前を呼ばれたと思ったのか地面からクロが生えてきて、また戻っていった。

「じゃあ、白仮面はサラちゃんのね！」

「ありがと！」

仮面の所有権が決まったところで、探索を始める。

「池がある！　泳いだらダメだよ？」

「泳がないよ？」

「あさいものなー？」

水深はあたしの膝ぐらいまでしかない。

「ふかくても泳がないよ？」

湖畔の別邸を初めて訪れたとき、サラは泳いだことがないと言っていた。

きっと泳ぎに苦手意識があるのだろう。

池の畔に座って、魚を探す。

「わかってる。だが、ルリアは泳げるからなー？」

「でも、ルリアちゃんも泳いだことないんでしょ？」

「うん。でもお風呂でするルリアのバタ足は大したものだ。ダーウにいつもほめられる」

「そうなんだ」

「……あ、魚だ！　うまそうだな？」

「たべないよ？」

サラは魚が好きではないのかもしれなかった。

だから、あたしたちは木を見てまわる。

「この木、かっこいい形だな？」

「かっこいい形というのが、何かサラにはわからないけど……」

木の枝には鳥が三羽止まっていた。

それだけでなく、他の木にも数羽ずつ止まっている。全て守護獣の鳥たちだ。

「登りやすそうだ。よいしょよいしょ」

「あ、危ないよ？」

あたしはするすると木に登る。

父の身長の二倍ぐらいの高さまで登った。

「すごい、ルリアちゃん！　でも危ないよ？」

「大丈夫だ。鳥もいるしな？」

「ほっほぅ」

枝に止まっていた鳥の守護獣たちが、あたしに体を押しつけてくれる。

「よーしよしよし」

鳥を撫で回しながら、応接室の方を見ると、

「あれは、コンラート？」

糞ガキコンラートが、泣きながらやってくるのが見えた。

「ふむ？」

父と王のいる応接室から出てきたということは、きっと叱られたのだろう。

つまり、謝りに来たに違いない。

あたしは木の上でコンラートを待つ。

上から見られていることにも気づいていないコンラートは、立ち止まって袖で涙を拭う。

泣いていることを誤魔化しているのだ。

そして、サラの近くまでやってきた。

「うわっ」

コンラートに気づいたサラが警戒して身構える。

コンラートはきょろきょろしながら、サラに尋ねた。

「おまえ、あいつはどこだ？」

「おまえ？　なにがおまえだ。口のきき方にきをつけたほうがいい」

あたしは木の枝の上に立ち上がり、コンラートを見下ろして言った。

「ひぅ、そんなところでなにを……」

コンラートは、木の上のあたしを見て、なぜかうろたえていた。

「おまえ――」

「あ？　誰がおまえだ？　口の利き方に……」

「ル、ルリア。あの――」

「まず、名をなのれ！」

「……………アゲート子爵コンラート・オリヴィニス・ファルネーゼ」

「ふむ。それでコンラートとやら。何のようだ？」

あたしはまだ、コンラートのサラに対する暴挙を許していないのだ。

だから、高圧的な態度で臨む。

「さっきはすまなかった」

「あやまる相手がちがうな？　コンラート」

あたしが睨み付けると、コンラートはビクッとした。

「あ、すまなかった。サラ」

サラの名前も知っているらしい。

「あの……」

サラは困惑してあたしの方を見上げた。

あたしは、サラを助けるために、するすると木から下りる。

「コンラート！　ディディエ男爵閣下。であろ？」

「ディ、ディディエ男爵閣下、申し訳なかった」

「なにがわるかった？」

「王宮から出て行けと言ったこと」

「そうだな。それはコンラートが悪かった。で？」

「けだものって言ったこと」

「そうだな。それも悪いな。けだものじゃないものな？」

「はい」

あたしはサラを見る。

「どうする？　このバカを許しても許さなくてもどっちでもいいよ？」

「……ん。許してあげる」

サラがそう言うと、コンラートは笑顔になった。

「よかったな？　コンラート。サラちゃんの海よりふかいじひぶかさに感謝しろ！」

「ありがと……本当にごめんね？」

「いいよ。えへへ」

コンラートも反省したようで、良かった。

「コンラート、叱られたか？」

「しかられた……父上と……陛下に……めちゃくちゃ……しかられた」

「そっかー」

思い出したのか、コンラートは涙目になっていた。

「いいこいいこ」

そんなコンラートに同情したのか、サラは頭を撫でてあげている。

サラの優しさにあたしは驚いた。

「……コンラートはおこさまだものなー？」

「ルリアの方がちいさいくせに……」

「あ？」

「すみません」

「ルリアは五歳だが、コンラートよりは良識と常識がある」

「じょう……しき？」

「初対面の子に出て行けとか、けがらわしいとかいわないという良識をな？」

「ぐっ」

あたしは、少し考える。

コンラートはきっとこのままだと良くないと思う。

「コンラートはしょうらい、王様になるのだろ？」

「……うん」

「なら、王様に言って、周りのおとなをえらんでもらったほうがいい」

じいちゃんといっても、誰のことかわからないかもしれないので、王様と言っておく。

「おとなを選ぶの？」

「うむ。あいつはよくない。控え室であたしに叱られて泣いているときに入ってきた奴とか」

あたしからの、せめてものアドバイスだ。

あとで、王にも言っておいた方が良いかもしれない。

「それじゃあな？　悔いあらためていきろ？　サラちゃん行こっか」

「うん。またね」

優しいサラはコンラートに手を振ってあげていた。

「あっ、ルリア」

コンラートは慌てたようにあたしを呼び止める。

「どした？」

「あのっ、ルリア……は、リディアの妹なのか？」

「そうだが？　ルリアはねえさまにそっくりだからな？」

きっとコンラートは姉に会ったことがあるのだろう。

それならば、姉にそっくりなあたしが妹だと気づいても何の不思議もないことだった。

「……全然似てないけど」

「あっ？」

「ご、ごめん、な、なんでもない」

コンラートはびびり散らかしていた。

まるで、はしゃぎまくった結果、母のお気に入りの服をビリビリにしたダーウのようだ。

あのとき、ダーウは尻尾を股に挟んで、母の足元で仰向けになってプルプルしていたものだ。

「で、ねえさまがどした？」

「あの……その……リディアに……今回のこと……あの、いわないで……」

コンラートは顔を真っ赤にして、もじもじしていた。

そんなコンラートの表情を見て、鋭いあたしはピンときた。

「…………ほう？」

「……ルリアちゃん。これって」

サラがあたしの袖を引っ張る。サラも気づいたらしい。

「そうだな？」

このコンラートは畏れ多くも、あたしの姉リディアが好きなのだろう。

なにも驚くことではない。

なぜなら、姉は優しくて、綺麗で可愛いので、惚れない男の方が珍しいぐらいだと思うから。

「ふむ？　コンラート。お主……」

「ひゃい」

姉を好きになるとは趣味はこのうえなくいい。

だが、コンラートは明らかに姉にふさわしい男ではない。

「百年はやいぞ？」

「え？」

「十年じゃなくて、百年な？」

「いったいなにを……」

「わからんか？　はぁーっ。これだから、コンラートはだめだ」

「え、なんでため息……」

とはいえ、コンラートはまだ幼い。

これからの成長次第では、姉にふさわしい男になるかもしれない。

情けで、せめてものアドバイスをしてやることにした。

「たしかに、コンラートのサラに対する発言、ルリアに対するふるまいはひどかった」

「うん、ごめん」

「もしねえさまがしったら、どんびきするな？」

「だ、だから言わないで？」

「サラちゃんは、どうする？」

そう言うと、コンラートは緊張の面持ちでサラを見つめた。

「ん、いわないよ？」

とたんにコンラートはほっとする。

「サラちゃんに感謝しろ、コンラート。普通はいうからな？」

「うん。ありがとう、サラちゃんが言わないなら、ルリアも言わない」

「もちろん、サラちゃんが言わないなら、ルリアも言わない」

「あ、ありがとうございます」

だんだん、コンラートが礼儀正しくなってきた気がする。

「だがな？　コンラートや」

「はい」

「もっとりっぱにならないと、ねえさまにすかれないよ？」

「立派って、どうすれば……」

「獣人をばかにしないとか。人の髪をひっぱらないとか？」

「あと、人の髪色をばかにしないとか。あれも最低だよ？」

サラが真剣な表情で、コンラートを諭す。

「うっ」

コンラート自身も最低なふるまいだと思ったのだろう。恥ずかしそうにしている。

わかれば良い。

「それにぼくの父上は誰だとおもってるんだとか言わないとか？」

「うっうぅ……」

「まあ、がんばれ」「がんばってね？」

「はい」

しょんぼりしているコンラートに言わなければいけないことがあった。

「ルリアもサラちゃんも言わないが、どこからねえさまの耳に入るかわからないよ？」

「えっ？」

「人はうわさばなしがすきだからなぁ？」

「ぼ、ぼくはどうすれば……」

「コンラート、今までも同じようなことしてたな？」

「うっ」

どうやら、してたっぽい。

「もう、ねえさまは知ってるんじゃないか？　コンラートはダサいバカな子供だって」

「うぅっ」

コンラートは涙目になった。

すぐ泣くな情けないとも言いたいが、コンラートはお子様なので仕方がない。

「ひとはうわさばなしがすきなのだから、立派になれば、その評判も届くんじゃないかな？」

「そっか。うん。がんばる」

コンラートは単純なようだ。もう表情が明るくなっている。

「ん。がんばれ」

あたしとサラと一緒に応接室へと戻ることにした。

サラは優しいので、コンラートに柔らかい笑顔で手を振ってあげている。

本当に可愛らしいし、上品で貴族のご令嬢っぽい。

「なるほど？　こうか？」

「ルリアちゃん、なんで誰もいない方に手をふってるの？」

「なんとなく？」

そんなことを話しながら、応接室に戻ると、知らないおっさんが一人増えていた。

「ルリア。サラ。そなたたちの伯父のゲラルドだ」

ゲラルドはあたしとサラの前に膝をついた。

「おお、コンラートのお父さん。ルリアだよ」

「サラです」

「愚息が本当に失礼なことをした。申し訳ない」

ゲラルドはすぐに頭を下げた。

「いい。コンラートに謝ってもらったから」

「はい。もう謝られました」

「愚息にはきつく言っておいた。どうか、これからも仲良くしてやって欲しい」

「うん」

「はい。よろしくおねがいします」

するとゲラルドはほっとした表情を浮かべていた。

「でも、コンラートの周りの大人はえらんだほうがいいな？」

「ルリアの言うとおりだ。ゲラルド、コンラートの教育係を替えよ」

王にも言われて、ゲラルドは恐縮する。

「お恥ずかしい。すぐに対応します」

「うむ。忙しいというのは言い訳にならんぞ？　世話係の言動をまとめた物を送っておこう」

「ありがとうございます。陛下」

その後、王は大切な仕事があるとかで先に退室し、あたしたちも帰ることになった。

帰り際、ゲラルドが言う。

「……陛下のあれほど優しそうな顔を見るのは初めてだ」

「そうですね。兄上のおっしゃるとおりかと」

「最近の陛下は、特に近づきがたかったのだが……。グラーフもそうだろう」

「そんなことはありませんよ？」

「嘘をつくな、明らかに参内の頻度が下がっていた」

そう言ってゲラルドは笑う。

「ルリア、陛下を、いや、父上を笑顔にしてくれてありがとう」

「ん？　ルリアはなにもしてないけどな？」

「それでもありがとう」

そしてゲラルドはしばらく黙った後、

「サラ、ルリア。コンラートの件、本当にすまなかった」

「もういいよって、さっきも言ったよ？　コンラートも謝ってくれたし」

「はい」

サラも真剣な表情で頷いている。

「それでも、コンラートが幼い子供である以上、親としての責任がある」

そう言うと、深々と頭を下げた。

「サラ。ルリア。これからもコンラートを見捨てないで欲しい」

「うん」「はい」

「これからも迷惑をかけるかもしれないが……すまない」

「いいよ？」「はい」

コンラートは従兄だからこれからも交流があるだろう。

立派な人物になると決心したようだが、所詮は六歳児。そううまくもいくまい。

迷惑もかけられるに違いなかった。

四章　五歳のルリアとサラとミア

それから、王太子ゲラルドとも別れて、あたしたちは王宮から屋敷へと戻る。

王宮内を歩いても、行きとは周囲の反応が全く違う。

あたしたちが歩いていても、陰口は全く聞こえない。

それどころか、皆足を止めて丁寧に礼をする。

とはいえ話しかけてくる者はほとんどいない。

よほど親しくないと目下から目上に語りかけるのは無作法とされているからだ。

「大公殿下。お久しぶりでございます」

「おお。侯爵。息災そうでなにより。奥方はお元気か？」

父と親しいらしい大貴族がたまに声をかけてくる程度だ。

「ええ、おかげさまで……、ご息女にご挨拶させていただいても？」

そんな大貴族たちは、父に断ってから、膝をついて、あたしとサラに挨拶してくれる。

「姫君。どうかお見知りおきを」

「ん。よろしくです」

「ディディエ男爵、このたびは叙爵おめでとうございます」

「ありがとうございます」

謁見の間での出来事が、噂話として拡がっているに違いなかった。

◇◇◇◇

ルリアが王に謁見した情報は瞬く間にオリヴィニス王国の貴族社会に拡がった。

大貴族ほど、王宮に情報提供者がいるので、情報を得るのが速い。

その中でも、ナルバチア大公は、謁見の様子を知るのが速かった。

「王は、ことのほかヴァロア大公の末娘を可愛がっている様子だったとか」

側近の呪術師からの報告を受けて、ナルバチア大公の顔がみるみるうちに険しくなった。

その呪術師は四大呪術師集団の一つ『北の沼地の魔女』の所属だ。

「ガストネは、ヴァロア大公の末娘を人質にとるのではなかったのか？」

「そのような気配は全くなく」

「なぜだ？　ガストネは不穏な動きをしていたはずだな？」

王の叔父でもあるナルバチア大公は、裏では王のことを呼び捨てにしていた。

「はい、急に謁見の日取りを早め、ヴァロア大公夫妻ともども呼び出していました」

「それは娘を人質にするか、グラーフを暗殺する流れであろうが！」

ナルバチア大公は苛立ちのあまり声を荒らげた。

「どうすればいい？　どうすればいい？」

ナルバチア大公は再三、参内するようにと命令されていたが、病気を理由に断り続けていた。

もちろん、病気ではない。

ナルバチア大公は違法薬物を密輸入していたことが王にばれたと考えていた。

その違法薬物も『北の沼地の魔女』を利用して、北方の隣国から運ばせている。

「もう少し時間を稼げば……精霊石作製技術が完成するというのに……」

『北の沼地の魔女』は、数百年前に失われた精霊を結晶化する技術を復活させようと動いていた。

そう、ルリアの前世であるルイサが命を懸けて、滅ぼした技術である。

「精霊石の量産ができれば……王を倒すなど造作もない。それどころか……」

世界を征服できるだろう。

「世界の王となるべき儂《わし》が、……このようなところで」

「大公閣下。このままでは……」

「わかっておる！」

参内に応じれば、そのまま糾弾され、牢に入れられ爵位を褫奪《ちだつ》されるだろう。

いや、それだけならまだいい。極刑もあり得る。

「くそが……儂の完璧な計画が……」

王がグラーフの娘ルリアを人質にすれば、グラーフと手を組む余地が生まれる。

二つの大公家が手を組めば、王にも対抗できるはずだった。

ルリアを助けだし、そのまま王と王太子を弑逆《しぎゃく》し、グラーフを王位に就ける。

そうすれば、ナルバチア大公は、新王即位の最大の功労者にして、新王の大叔父だ。

新王の御世では、誰も、たとえ新王でも、自分になにも言えなくなるはずだった。

そうなれば、時間などいくらでも稼げる。

時間を稼いで、精霊石を量産できれば、後はどうとでも好きにできる。

「人質に取らぬのならば、せめて王がヴァロア大公を暗殺してくれれば……」

自分が参内しない正当性を主張できる。

それに、貴族たちも次は自分の番だと怯えるだろう。

そうなれば、王への反逆に賛成する貴族も増えるはずだった。

「……王を暗殺するしか、ありませぬな」

側近は声を潜めて呟いた。

「それは失敗しただろうが！」

先日、王が襲われた事件の黒幕はナルバチア大公だった。

ナルバチア大公が『北の沼地の魔女』に大金を払って依頼したのだ。

暗殺の失敗もナルバチア大公を焦らせる要因の一つである。

王の「影」は無能ではない。近いうちに自分までたどり着く可能性が高い。

もし、暗殺計画がばれたら、確実に殺される。それも、考えられる限り残酷な方法でだ。

「……閣下。あの失敗は復讐を優先したゆえでございます」

「なに？」

「閣下は、みすぼらしく惨めに、苦しませて殺せと命じましたな？」

「それがどうした」

「速やかに殺せと命じていれば、成功していました」

「…………」

『北の沼地の魔女』は、王に呪いをかけ、助からない状態にした。

魔法で探せないように、念入りに魔法をかけることまでしたのだ。

「どうして助かったのか、未だにわかりませぬが……ただ殺すだけならば……」

「方法は？」

「呪者を使います」

「呪者？」

「呪われし強力な魔物のようなものと考えていただければ」

「なるほど。まかせる」

「御意」

「…………グラーフも同時に殺せぬか？」

王太子は心優しいと言われているが、それはふぬけの別の言い方に過ぎない。

王の死後、最も厄介なのはヴァロア大公であるグラーフだ。

「閣下。欲張っては両方し損じますぞ？」

「そうか。ならば、できれば……王太子を……」

「可能であれば」

そして、王の暗殺計画が再び動き始めた。

◇◇◇◇

屋敷に帰ると兄と姉とダーウたちが出迎えてくれた。

あたしが馬車から一歩降りると、

「わふわふわふわふわふっ！」

ダーウに顔をベロベロと舐められる。

「ダーウ、お留守番できてえらいなー」

「わふぅわふぅ！」

「うわ、おしっこもれてるぞ。外でよかったな？」

ダーウは喜びのあまり、興奮しすぎておしっこを漏らしていた。

「りゃむ」

ロアは静かに飛んでくると、あたしの顔に正面からぎゅっと抱きついてくる。

「ロアも留守番できてえらいなー。……お腹がやわらかい」

「りゃむ」

ロアは赤ちゃん竜だが、中型犬ぐらいある。

そのロアが顔の正面に抱きついているので、なにも見えない。

「きゅきゅ」「こここ」

キャロがあたしの足に抱きついて、コルコが足に体を押しつけてきた。

見えないが感覚でわかる。

「キャロとコルコも留守番できてえらい」

そんなあたしたちを見て兄が呟いた。

「ルリアは動物まみれだね」

「ルリア！　大丈夫だった？　陛下を激怒させなかった？」

心配していた姉はあたしをロアごと抱きしめる。

「優しかったよ！　ルリアは作法が完璧だからみんながびびってた！」

「……どういうこと？」

姉の困惑している声が聞こえる。

ロアが顔にへばりついているので、姉の表情はあたしには見えない。

「まあ、中で話そうか。おいで」

父がそう言って、あたしたちは屋敷の中へと向かう。

相変わらずロアが顔にへばりついているが、サラが手をつないでくれるので問題なかった。

「……スイちゃん、どうした？　どうして、そんなところに隠れてるの？」

あたしが気になったのはスイが物陰からじっとこちらを見ていることだ。

「なぜ、ばれたのであるか？　ロアに……目を塞がせたというのに」

ロアが顔にへばりついたのはスイの差し金だったらしい。

「なんとなく？」

もちろん、見えていないが、スイの気配はどでかいのでわかる。

「……スイちゃん。ルリアは怒ってないよ？」

「ほんと？」

「うん」

きっと昨晩王の寝室に忍び込んだことがばれて、怒られると思ったのだろう。

「よかったのである〜。ロア、もう目を塞がなくていいのである！」

「りゃむ？」

だが、ロアはどかない。どうやら顔にくっつくのが好きらしい。

「まあ、いっか。あ、スイちゃん、いま目がふさがってるからダーウのおしっこ掃除できる？」

「お安い御用なのである」

スイがダーウの漏らしたおしっこを水魔法できれいにしてくれる。

「ありがと。スイちゃん」

「ばうばう〜」

「ふへへ、いつでも言うのである！」

あたしとダーウはお礼を言って、そのまま書斎へと向かう。

書斎に着いたあたしはまず顔からロアを剝がす。

「りゃむ～？」

剝がしたロアをテーブルの上に仰向けで乗せる。

そして、そのお腹をこちょこちょしながら、説明した。

「ロア。まえがみえないからな」

「りゃっりゃっりりゃ、りゃむ～」

ロアは嬉しそうに尻尾を振って。羽と手足をバタバタさせる。

「きもちいいか？　ほれほれー」

「りゃっりゃっりゃ～」

ロアはお腹の刺激が好きなのかもしれなかった。

一方そのころ、スイはサラに、棒人形を手渡していた。

「ミアはいいこにしてたのである」

「ありがと、スイちゃん」

あたしたちは、長椅子にそれぞれ座る。

父と母が並んで座り、その正面にマリオンとサラが並んで座る。

あたしとスイは、マリオンたちの隣にある長椅子に座った。

そして兄と姉はあたしとスイの正面の長椅子に座る。

ダーウはあたしの膝の上に顎《あご》を乗せ、キャロとコルコは足元であたしに寄り添っている。

それぞれの机の上にはお菓子が沢山載っていた。

「父上。王宮はどうでしたか？」

「一から話そうか」

そう言って、何があったのか、父が兄と姉に話していく。

その間、あたしはお菓子をむしゃむしゃ食べる。

「お屋敷のおかしもうまい」

「…………ぴぃ」

「しかたないな？」

鼻を鳴らすダーウに少しわける。

「りゃむ」

ロアは姉にお腹を撫でられながら、お菓子を食べさせてもらっていた。

「陛下が、じいちゃんと呼べと？　あの陛下が？」

兄はやはりそこが気になるらしかった。

「そんなにびることか？　じいちゃんは、じいちゃんだよ？」

「僕がお爺さまと呼んでしまったときは……襟首を掴まれて持ち上げられた」

「こわっ。あまりそんなことしそうに、みえないけどなー」

「そして、お前は孫であるまえに臣下であろう？　なんだ？　叛意でもあるのか？　って」

「こわ〜」

あの王からは想像も付かない姿だ。

「でも、ルリアが気に入られたみたいでよかったよ」

「本当にそうね。どうなることかと。作法はまだまだだし……」

「ねえさまも怒られた？」

「私の場合は、カーテシーしたら、いきなり手を叩かれたわ、鞭で」

「ええ……こわっ。ねえさまは失敗したの？」

すると母が笑顔で言う。

「失敗してないわ。七歳だったけどリディアは完璧だったの」

「じゃあ、なんで？」

「子供らしくないって」

完全にいいがかりである。

「あたしは完璧だから、たたかれてたかもだな？」

「ルリアは完璧ではないわ？」

「はは。またまたー。むしゃむしゃむしゃ」

母は場を和ませようと冗談を言う。

それにしてもお菓子がおいしい。

「ルリアをどうやって守ろうか考えていたのだけど……、まあ、良かったわ」

そう言うと、母はふぅーっと息を吐いた。

「お疲れ様。アマーリアは、ずっと張り詰めていたものな」

「あなたこそ。ずっと緊張していたものね」

そんなことを言って、父と母は微笑みあっている。

「むしゃむしゃむしゃ……。とうさま、かあさま。お菓子を食べるといい。つかれてるとうまい」

「そうね。いただくわ。……あら美味しい」

「ああ。いつもより美味しく感じる。甘さが染みる」

父母もお菓子を食べてほっと息を吐く。

きっと、ここ数日、緊張しっぱなしだったのだろう。

「私も、生きた心地がしませんでした」

「マリオンもお菓子を食べるといい。うまい。むしゃむしゃ」

「ええ。ありがとうございます」

マリオンもずっと緊張していたらしい。

それからも兄と姉は質問を繰り返し、父と母は優しくそれに答えていった。


次の日。あたしが朝目覚めると、目の前が真っ暗だった。

「むむ？　くらい……ロア？」

鼻には柔らかいお腹が触れているし、口にはなにかが入っている。

「……ロアのしっぽ？」

またロアがあたしの顔にへばりついているのかもしれなかった。

そして、尻尾をあたしの口に突っ込んだに違いない。

「……りゃむぅ」

「ロアはしかたないなぁ、まったく」

そんなところも可愛い。そんなことを思いながら、ロアを剝がす。

「む？」

だが、口の中にはなにかが入ったままだ。

「……これはミア？」

目の前にサラの大切なミアがいて、その端っこがあたしの口に入っていたようだ。

寝ている間にあたしが下にずれて、いつの間にかミアを咥えていたらしい。

「……はわわ」

サラの大切なミアによだれをつけてしまった。

あとでサラに謝るとしても、とりあえず、きれいにしなければ。

あたしは寝ているロアを抱っこして、袖でミアに付いたよだれを丁寧に拭う。

「……よいしょよいしょ。スイちゃんならきれいにしてくれるかも？」

寝始めたとき、スイはあたしに抱きついて眠っていた。

だが今はサラのお腹に顔を埋めるように抱きついて寝ている。

「……スイちゃんはねぞうがわるいのなぁ」

スイの頭はちょうどミアの位置にあり、髪の毛がミアに絡まっていた。

「しかたないなぁ」

あたしはスイの髪の毛を丁寧に解いて、ミアを袖でそっと撫でる。

「……ふふ。美味しいのである、ぜんぶたべていいのであるか？」

スイはいつも何か食べている夢を見ているらしい。

スイは寝かせておいてあげよう。起きてきたら、スイにミアをきれいにしてもらえばいい。

「よいしょよいしょ」

あたしはミアに付いたよだれを拭きながら、周囲を見る。

ダーウはあたしの足元で、キャロはヘッドボードで、コルコは窓際で眠っていた。

いつもは誰かが起きていることが多いのだが、今日はみんな寝ていた。

だが、みんな夜は眠るべきなので、寝ていていい。

特にキャロはいつ寝ているのかわからないぐらい起きている。

だから、あたしはダーウたちを起こさないように静かにする。

音を出さなくても、動けば振動でダーウたちは起きてしまうかもしれない。

だから、丁寧にミアを拭う。

「やぅ」

寝ているロアが、ミアの端をぎゅっと手で握る。

「ロアはかわいいなぁ」

そんなことを呟いていると、ふとミアがぼんやりと光り始めた。

「……きのせい？」

あたしは目をこする。だが、ミアは輝いたままだ。

「まるで精霊みたいだな？」

クロほどの輝きではないが、いつも周囲でぽよぽよ漂っている精霊ぐらい光っている。

「クロ、クロ、いる？」

みんな寝ているので、小声でクロを呼ぶ。

『どしたのだ？』

するとクロが床下から生えてきた。

「ミアがなんか光ってる」

『これは……まあ、光ることもあるのだ』

「きけんなことはない？」

『ないのだ。なにも問題ないのだ。……クロは眠いのだ。ルリア様も寝るのだ』

「……そっか、ならいっか」

あたしも気にしないことにした。

人形も大切にされていたら、光ることぐらいあるに違いない。

あたしはよだれを拭いたミアをサラに抱っこさせて二度寝をした。

…………

……

「ルリアちゃん、ルリアちゃん！」「ばうばうばう！」

「……どした？」

あたしはサラとダーウの声で目を覚ました。

「ミアが動いてるの！」「ばうばう！」「りゃむ～」

「え？　動いてるの？」

あたしが体を起こすと、ミアを抱っこして寝台の上に座っているサラが見えた。

ダーウは姿勢を低くしてミアに吠えている。ロアはミアのことを興味深そうに見つめていた。

ちなみにスイはまだ眠ったままだ。

「ダーウ、こうふんしないの」

「ばう～」

「どれどれ」

あたしは冷静に体を起こすとミアに触れた。

「おお、少しあったかい、それに昨日より柔らかくなった？」

それはロアのお腹みたいな感触だった。

「ミア、動けるようになったの？」

「…………」

ミアがぺこりと頭を下げた。

「クロ、ちょっときて」

『きたのだ』

「ミアが動いているのだけど」

『そういうこともあるのだ』

「そうなのだ？」

『えっと、守護獣は親から生まれるのと自然に生まれるのがいるっていったのだ？』

そういえば、そんなことを聞いたことがある気がする。

『ミアは自然に生まれた守護獣なのだ』

「へー」

「クロはなんて？」

サラが尋ねてくるので、復唱する。

「なんか、ミアが守護獣になったみたい」

「へー、すごい」

「守護獣になることってよくあるの？」

『そうそうあることではないのだ。極めて稀な現象なのだ』

クロは語る。

精霊力が溜った場所などに、守護獣はまれに生まれるらしい。

『でも、ルリア様が舐めたりロアやクロが抱きついたりしたのだ』

「うん。した」

『そのお陰で精霊力がすごいことになったのだ。精霊王がいるところ精霊も集まるし』

「そんなもんかー。えっとねサラちゃん。なにやら……」

あたしはサラにミアが守護獣になった経緯を説明した。

『偉大な竜であるスイもいるし、その影響もきっとあるのだ』

「そっかー」

「む！　スイが偉大という話をしているのであるか!?」

突然目を覚ましたスイは、ミアを見るとその頭を撫でた。

「おおー、ミア、おはよう。やっと動けるようになったのであるな」

スイは全く驚いていなかった。

「スイは、ミアが守護獣になりかけてるのしってたの？」

「知ってたのである。かなり前から精霊力が溜っていたのであるからして」

「そっかー」

『ミアは植物の魔物の守護獣なのだ。マンドラゴラやドライアドの親戚なのだ』

「へー。ミアは植物の魔物の守護獣なんだって」

「そうなんだ、すごい！」

「…………」

サラが驚くと、ミアは嬉しそうに手をパタパタと振っていた。

「サラちゃん、ミアをよくみせて？」

「いいよ」「…………」

サラだけじゃなくミアもパタパタ手を動かして、了解してくれた。

「ふむふむ？」

あたしはサラからミアを受け取って調べる。

すると、ロアも手でミアを撫で始めた。

「少しあたたかい」「りゃむ」

「そうなの」

「やわらかくなってる。ロアの鱗みたい」「りゃありゃあ」

ロアの鱗は、竜の鱗なので、ものすごく強靭なのは間違いないが、なぜか少し柔らかい。

その感触に、ミアの皮膚は似ていた。

「形は変わってないね？」「りゃむりゃむ」

ロアもあたしと一緒に調べているつもりらしい。

真面目な顔でうんうんと頷いている。

「ルリアちゃん、でも、動けるようになったから、ここのところとか」

「おおー、ひざとかひじだな？」「りゃむ」

全く目立たないが、膝や肘に当たる部分に関節ができていた。

股関節や肩関節もできている。

「腰はうごく？」

「…………」

するとミアは無言で腰をくねくねと動かした。

「おお、動いている」

それにあたしの言葉がわかるようだ。

「あたまいいな？」「りゃむ～」

ロアも頭良いと言って褒めている気がする。

「…………ぁぅ」

なぜかダーウが腰を動かして、僕も言葉がわかるとアピールし始めた。

「…………ダーウもあたまいいな？」

「わぅ」

あたしはダーウのことを褒めて撫でた。

「なあ、クロ。ミアはなにたべるの？」

『植物だから水なのだ！』

「植物だから水なのか。えいようは？」

あたしはサラにもわかるように、クロの言葉を繰り返す。

『栄養は魔力とか精霊力なのだ！』

「ほうほう、魔力と精霊力……」

『ルリア様にロアにスイもいるし、クロと精霊もいるから。心配しなくていいのだ』

「ふむふむ、その辺りにある魔力とか精霊力をかってにたべるってこと？」

『そうなのだ。そもそも、このあたりは人形が守護獣になるぐらい精霊力が豊富なのだ』

「ほえー。サラちゃん。ミアは水だけのんでたらだいじょうぶみたい」

「そうなんだ！　ミア、水飲もうねー？」

「お、水であるな？　ならばスイの出番であるからして！」

スイが右手の人差し指を上に向けて、その先に水球を出現させる。

「サラ、あげていいであるか？」

「いいよ？」

「よかったのである！　ミア、スイの水を飲むのである！」

そう言って、ミアの顔あたりに水球で触れる。

「…………」

ミアは嬉しそうに手足をパタパタさせると、水球はすぅっと小さくなった。

「おお！　飲んだのである！　サラ。みた？　みたであるか？」

「みたみた。すごいねぇ」

「ほあー。スイの水を飲んだのであるー。ルリアもみたであるな？」

「みたよ。飲んだねぇ」

「ふへへ、スイの水を飲んだのであるなー。ミアはかわいいのである」

スイはとても嬉しそうに尻尾を揺らしているし、ミアも手足をパタパタさせていた。

そこに、侍女がやってきた。

「お嬢様方。朝食の準備ができましたよ」

「わかった！　サラちゃん、いこ」

「うん。…………あ、どしよっか？　だいじょうぶ？」

サラは少し不安げにミアを見る。

「そだなー」

あたしはクロをチラリと見る。

『やっぱり、人形が動くと人はこわがるのだ。かあさまたちなら、多分大丈夫だと思うけど……』

「そっかー。念のためにだな？」

やっぱりミアが動けることはばれない方が良いだろう。

あたしは、侍女に聞こえないようミアに小声で囁く。

「あのな？　動けることかくせる？」

「…………」

ミアはピタリと動かない。

「うん。その調子だ。サラちゃん、いつもみたいに抱っこしていこ」

「わかった。ミア、動かないでね？」

「…………」

やはり、ミアは動かない。

あたしとサラの言葉を完璧に理解しているのだ。

「いいこだねー」「いいこいいこ」

「……」

あたしとサラに撫でられると、ミアは嬉しかったのか一瞬ピクリと動いた。


あたしとサラが着替え終えると、みんなで食堂へと向かった。

あたしはロアを抱っこして、サラはミアを抱っこする。

ダーウ、キャロ、コルコはあたしたちの後ろをはしゃぎながら付いてきた。

スイは、あたしの服の腰あたりを摑んで付いてくる。

「今日の朝ご飯はなんであるかなー？」

「スイは何がすき？」

「全部うまいのであるがー。卵を焼いたのがうまいのである。ふわふわでー」

「オムレツだな。あれはうまい」

「おいしいねー。サラも好き」

そんなことを話しながら歩いて行く。

食堂に入ると、上座に父と母が座っていた。

その近くにマリオンの席がある。

そして、マリオンの下座に兄と姉が向かい合わせに座っていた。

「サラ。こちらにいらっしゃい」

「ルリアはこっち」

サラは姉に、あたしは兄に呼ばれて隣に座る。

「かあさまの隣でなくていいの？」

あたしが尋ねると、母が笑顔で言う。

「もう急いで作法を身につける必要がなくなったから。ゆっくりね」

「なるほど？　やはりルリアは完璧だったか」

「全くもって完璧ではないわ」

母は何事にも完璧ということがないと言いたいのだろう。

いくらあたしの作法が完璧に近くとも、まだまだ上があるということに違いない。

「作法は、奥が……ふかいのなぁ？」

「ルリアまだ、浅瀬も浅瀬よ？　まずは正面のリディアを見て真似しなさい」

「ほう。だからねえさまがあたしの前に座っているのかー」

「そうよ。ルリア。この姉のことを真似するのですよ」

「わかった」

姉は張り切っているようだった。

「サラちゃんはルリアをまねするといい」

「ダメよ？　サラはギルベルトを真似しなさい」

「あい」

サラは素直に頷いた。

「サラは、ルリアと違って、僕と同じく将来当主になるからね。だから僕の真似をして」

「がんばります！」

「まあ、僕と違って、サラはもう男爵閣下で当主だけどね」

そう言って兄は優しくサラに微笑んだ。

「……ギルベルト様。どうか厳しくご指導いただければ」

マリオンがそう言って、頭を下げた。

あたしは姉の真似をしながら、ご飯を食べる。

「うまいうまい」

「……ルリアは……基本的に姿勢は良いのよね」

「それほどでもない」

昨日までは母が横にいて、あたしが何をしても、アドバイスしてくれた。

だが、今日はほとんどなにも言われないので、少しさみしいぐらいだ。

あたしが母をチラリと見ると、母もあたしを見つめていた。

「……ゆっくり身につければいいわ」

「うむ！」

「そうだ、ルリア。コンラートが来るみたいよ。遊んであげてね」

「むむ？　そういえば、そんな話があったな？」

母に遊んであげてと言われたら、遊んであげるのもやぶさかではない。

それに悪ガキコンラートの父である王太子が、これからも迷惑をかけると言っていた。

「つまり、ルリアに鍛えてやってほしいと……」

「そういうわけではないと思うわ」

コンラートはどうやら姉のことが好きなようだった。

だから、一応あたしは尋ねる。

「そういえば、ねえさま。コンラートってしってる？」

「……コンラートさん？　王太子殿下のところのよね？」

姉は首をかしげる。その仕草が可愛いのであたしも真似をする。

「そうそう。昨日会った。いとこらしいな？　どんなやつ？」

「……私もあまり知らないのだけど。大人しい子よね？」

「ほう？」

どうやら、コンラートは姉の前では大人しいらしい。

猫を被っていたに違いなかった。

「ルリア。フォークはこうやって使うといいよ」

「おお、兄さまかしこい」

兄からのアドバイスを聞きながら、あたしは朝ご飯をむしゃむしゃ食べた。

朝ご飯を食べ終わると、姉が侍女に言って、綺麗な箱を持ってこさせた。

「ねえさま、それは？」

「サラに、どうかと思って……。サラ、開けてみて」

「はい」

サラが箱を開けると、中には木でできた人形が入っていた。

大きさはミアと変わらないが、作りがしっかりした人形で、ちゃんとした服を着ている。

きっとすごく高いに違いない。

「サラは人形が好きなのかと思って……その子の替わりの人形を用意したの」

「ありがとうございます……でも……」

サラは困ったように微笑んだ。ミアの替わりはいないので困るのもわかる。

「ねえさま。サラちゃんは人形というより、ミアが好きなんだよ」

「そうなの？　遠慮していない？」

姉は心配そうにサラに優しく声をかけている。

ぱっと見でいえば、ミアはただの棒だ。

だから、棒を人形に見立てて遊んでいるサラをかわいそうに思ったに違いなかった。

「はい。ありがとうございます。でも、やっぱり私はミアが好きなので……」

一瞬、ミアの手がピクリと動いた。

「そうなのね。じゃあ、この子はミアの友達にしてあげて」

「はい！　ありがとうございます」

サラは新しい人形を受け取って、笑顔で姉にお礼を言った。

あくまでもサラはミアが一番好きなだけで、人形自体も好きなのだろう。

「サラちゃん、よかったな！」

「うん！」

「ルリアには、これをあげよう」

すると、兄があたしに箱をくれた。

「ん。にいさまがくれるのか、あけていい？」

「もちろんだよ」

箱を開けると、中には木剣が入っていた。

「おお！　かっこいい！」

「ルリアはこういうのが好きかと思って」

「好き！　気に入った！　ありがと！」

「湖畔の別邸でも、木の棒を拾って振りまわしていたって聞いたからね」

「ああ、かっこいい棒のことだな？」

あの格好いい棒は、今は寝台の下に置いてある。

探検に行くときとか、寝ているときに敵が襲ってきたときに使うためだ。

「……これで、剣のくんれんができる……ありがとう！　にいさま！」

「喜んでもらえて良かったよ」

そう言って、兄は優しく微笑んだ。


それからあたしは木剣を持って、サラは人形とミアを持って、部屋に戻る。

部屋に戻ると、あたしはさっそく寝台の下から格好いい棒を取り出した。

「これこれ……」

「ルリアちゃん、両手に剣をもってどうするの？」

「こうする。ふんふん！　こう！　ふんふん！」

あたしは右手に木剣、左手に格好いい棒を持って格好よく振り回す。

「な？」

「え？」

「ルリア、かっこいいな？」

「う、うん、かっこいい」

サラはあたしの格好よさに、驚いているようだ。

「おお、ルリア、二刀流であるな！」

「にとうりゅう？」

「そう、両手に剣を持って戦うのをそう言うのである。スイは詳しいのである」

「ほほう？　くわしいのすごいな？」

あたしがそう言うと、スイは尻尾をぶんぶんと揺らす。

「であろ、であろ？　そもそもなぜスイが詳しいかというと……」

スイは自慢げに語り始める。

昔、仲良くしていた人間の中に、両手に剣を持って戦っていた戦士がいたらしい。

「刀……といったか。片刃の剣でな、それをぶんぶんって振って強かったのである」

「ほほー。かっこいい！　こんな感じ？」

「そうそう！　そんなかんじなのである」

あたしとスイがはしゃいでいると、

「ばうーばうばう」

ダーウもはしゃぎ始めて、あたしの剣に当たりに来るので止めるのが大変だ。

止めきれないで、少しかすることすらある。

「ダーウ、剣にあたりにこないの！　あたったらしぬの！」

「わふ？　わぅ～！」

なるほどそういうルールかとダーウは尻尾を振った。

そして、ギリギリであたしの剣を避け始めた。

「……まえに……精霊たちとこんなことした覚えがある」

『きゃっきゃ』

「やっぱりきた」

その時、クロは剣で叩かれると精霊たちの発育にいい影響があると言っていた。

「ダーウはダメ。あたったら痛いでしょ？」

「ばう！」

「なんで、不満げなの？」

「うぅ～～」

「うーじゃないでしょ！　あたったら、けがするでしょ！」

どうやら、ダーウはどうしても遊びたいらしい。

「……しかたないなぁ」

あたしはダーウの背中に乗った。

「ダーウは馬な？　ゆっくりうごいて。部屋の中だからな？」

「ばうばう！」

ゆっくり歩くダーウの背に乗って、木剣と格好いい棒を振り回す。

精霊たちは挑発するように近づいてくるので、剣を振って当てるのだ。

精霊は速いので中々当たらないが、たまに当たると、

『ぴゃ～～』

精霊は楽しそうに飛んで、

『もっかいもっかい！』

と言いながら戻ってくる。

「すごいねぇ。精霊がぴゅんぴゅん跳んできれい」

「そうであるな！　こんにちは！　朝ご飯を食べに来たのである。とことこ」

あたしが木剣を振り回しているのを横目で見ながら、サラとスイは人形で遊び始めた。

「きゅきゅ」「こっこぅ」

「りゃあ」

キャロとコルコ、それにロアもサラと一緒に遊んでいた。

「……ううむ。やはりしっくりくる」

以前、精霊たちと遊んでいたときに使っていた木剣よりしっくりくる。

これまでに使ったどの木剣とも、比べものにならないぐらい振り心地が良かった。

重さがいいのか、材質がいいのか、長さが丁度いいのか。

「多分、全部だな！　にいさまありがと！　あとでもういっかいお礼いっておこ」

「ばうばう！」

「ん？　走り回りたいの？　うーん。じゃあ、中庭にいこっか」

「ばう！」

あたしを背に乗せたダーウは開いた窓から、ぴょんと外に跳び出た。

「よし、ダーウ。走って良いけど、庭から出たらダメ。わかるな？」

「ばう」

「それと庭を荒らさないようにな？　庭師の人がなくからな？」

「ばう」

「ならよし」

「ばうば～う」

あたしを乗せて、ダーウはぴょんぴょんと駆け回る。

「おお、きもちいい！」

ダーウがぴょんと跳ぶと、楽に二階ぐらいの高さになる。

そこから、地面に向かって落下するときに、浮遊感に包まれるのだ。

それがなんとも言えない楽しさだ。

『ルリア様、あそんであそんで！』

「しかたないな！」

あたしは木剣と格好いい棒を振るって精霊を叩こうとする。

精霊は楽しそうにはしゃいで、剣をかわす。

「中々やるな！」

『わーいわーい』

すごく楽しい。

そんなあたしを窓からサラとスイ、そしてキャロとコルコ、それにロアが見つめていた。

あたしは一心不乱に木剣を振る。

まるで物語の勇者になったかのように、気持ちよく木剣を振るう。

「とあああ！」

『きゃっきゃ！』『もっともっと！』

「ばうばう！」

「ふんふんふんふんふん！」

一体どれくらい剣を振っていただろう。

「ふうふうふうふう」

「はっはっはっはっはっ」

あたしは疲れた。少し腕が痛いぐらいだ。

飛び跳ねまくっていたダーウも舌を出して、はあはあしている。

「す、すごい」

「む？　コンラートいつのまに？」

コンラートが中庭にいた。目を輝かせて、あたしを見つめている。

その後ろには我が家の侍女が一人立っていた。

「ルリアは、剣術の達人なのか？」

「……達人かもしれない」「わふわふ」

ダーウは「そしてダーウはルリアを乗せる達人」と自慢げだ。

そこにサラたちがやってきた。

サラとコンラート以外にも、ロアを抱っこしたスイもいるし、キャロとコルコも来た。

もちろん、ミアはサラに抱っこされている。

「ルリアちゃん！　お水！」

サラも中庭にやってきてくれていた。

水をコップに入れて、差し出してくれる。

「ありがと、サラちゃん。ふうふう」

あたしはダーウの背中からぴょんと飛び降りた。

「その水はスイが出したのである！」

「スイちゃんもありがと。ふうふう」

スイの出した水はとても美味しかった。

「ダーウも水を飲むとよいのである。ほれほれ」

スイはダーウのために、右手の指先に水球を出す。その水球はあたしの頭ぐらいあった。

「わふわふ～」

ダーウは喜んですごい勢いで水を飲む。

スイは、ダーウが飲んだ分、水を新たに出すので水球は小さくならなかった。

「み、水が出た……、お前は魔導師なのか？　名は何という？」

「あ？　なんであるか？　こやつは？　無礼であるな？」

スイが睨み付けるので、コンラートはビクリとした。

王嫡孫のコンラートは、無礼とか言われたことがないのだろう。

きっと「お前は誰だ？」と尋ねれば、恭しく自己紹介されると思い込んでいるのだ。

「あ？　お前。人に尋ねる前に名乗るべきであろう？　ぼこぼこにされたいのであるか？」

スイは、尻尾をバシンバシンと地面に叩きつけて威嚇している。

「ご、ごめんな……」

「だから名乗るといいのである」

「ぼ、僕はアゲート子爵コンラート・オリヴィニス・ファルネーゼ……です」

「ほう？　例のワルガキか？　ルリア、ぼこぼこにしておくべきであるか？」

「ひぃ」

スイは本気でぼこぼこにしようと思ってはいない。

昨日、サラがされたことを聞いたので、怒って脅しているのだ。

ちなみに、コンラートの悪行については、あたしもサラも姉と兄には言っていない。

だが、スイには精霊たちが、報告したのだ。

あたしも口止めしなかったので、精霊たちは悪くない。

「スイちゃん、そんなに驚かさなくていい。許してあげて？」

「ふむ。ルリアがそういうなら、許してやるのである。ルリアにお礼をいうのである！」

「あ、ありがとうございます。ルリア」

ビクビクしているコンラートに、あたしは笑顔で言う。

「この子はスイちゃん。竜だ。ふう」

「竜！」

「そうであるぞ？　ただの竜ではなく水竜公《すいりゅうこう》という偉い竜である。水竜公閣下と呼べ」

そう言って、スイは胸を張る。

「そして、この子はロア。ロアも竜であるぞ？　くれぐれも態度に気をつけるのである」

「わ、わかりました、水竜公閣下、ロア様」

「りゃ～」

そんなやりとりを見ながら、あたしはスイに言う。

「スイちゃん、水のおかわりちょうだい」

「ん」

「ありがと」

あたしはスイに入れてもらった水を一気に飲み干す。

やっと息が整った。

「ふう。コンラートや。竜には王も礼儀正しくしないとダメだ」

「王も？」

「よかったな？　コンラート。子供で」

「そうであるな？　お前が王なら気まぐれに国を滅ぼしていたかもしれないのである」

スイは尻尾をもぞもぞさせながら脅す。

「王になるなら、忘れたらダメ」

「わ、わかった」

コンラートは真剣な表情で頷いた。

その間、ダーウはガフガフ水を飲んでいた。

体も大きいので、飲む量も多いのだろう。

「ダーウ、水、うまいな？」

「わふ。はっはっはっ」

あたしはダーウの頭を優しく撫でる。

「ばう」

「ルリアは、ダーウに乗るのが上手くなった気がする……」

ダーウも「ルリアを乗せるのが上手くなった」といって尻尾をぶんぶんと振っている。

「そだな。ダーウは、たよりになる」

「わふぅ〜」

ダーウが落ち着いたので、あたしは改めてコンラートに尋ねる。

「きょうはどした？」

「……陛下と父上がルリアに遊んでもらえって」

「ほう？」

すると、スイがどや顔で言う。

「ルリアに人として大切なことを教えてもらえ。お前はこのままでは王になれぬ」

「え？　誰のセリフ？」

「ん？　こやつと一緒に来た執事が、かあさまにそんなことを言ってた」

どうやらスイはコンラートの執事と母の会話をこっそり聞いていたようだ。

「あいつは、そ、そんなことはいってない！　ただ、陛下と父上は遊べと」

「あいつ？」

あたしが睨むと、コンラートはしゅんとする。

使用人であっても、大人に対して「あいつ」はない。

「執事は……そんなことといってないです」

「うむ。それでいい。で、スイちゃん。正確にはなんていってたの？」

「そだな？　えーっと王太子の家ではみな甘やかすし、環境が良くないって」

「ほう？　びしばしきたえろってことだな？」

「あの、父上と陛下は遊べって……」

我が家の侍女が笑顔で言う。

「ルリア様とサラ様は、なにも気にせず遊んでください。それを陛下はお望みのようです」

「ほう？　なるほど？　ルリアにまかせて！」

父と母が中庭に来ていない。そのうえ兄と姉も来ていない。

つまり、五歳ぐらいの子供同士、好きにしろという意味だ。

「ふむ。ルリアは厳しいぞ？　コンラート。ついてこれるか？」

「え？　だから」

「ふむ。その意気やよし」

「え、だから、僕は……」

「ルリアについてこい！」

あたしは両手に木剣と格好いい棒を持って、中庭を歩いて行く。

コンラートを含めて皆、あたしの後を付いてくる。

「コンラート、そなた、ねえさまの前だと大人しいらしいな？」

「え、そ、そんなことは……」

「猫を被っていたのだな？」

「そ、そんなことないです……」

コンラートの顔は真っ赤だ。

「おかげで、ねえさまはコンラートのことをあまり覚えてなさそうだったぞ」

「そ、そんな」

コンラートはショックを受けているようだ。

「よかったな？　コンラートはうんがいい」

「え？　うんがいいの？」

「うむ。昨日、あたしやサラちゃんに対しての態度で接していたら最悪だった」

「それは最悪だね」

サラもうんうんと頷く。

「もし、そんな態度だったら、大嫌いな奴として覚えられていただろうからな！」

「よかったであるな。コンラート。愚かで醜悪な中身をさらしていないのであるからな！」

スイは元気づけようとしているらしいが、

「おろかで、しゅうあく……」

コンラートは少しショックを受けていた。

「よし、この木でいいな」

「ルリア？　一体？」

「まずはこの木にのぼる」

「え？　なんで？」

「なんでって、この木が一番のぼりやすいからな？」

「いや、その木を選んだ理由じゃなくて、そもそもなんで木に……」

コンラートはあたしの厳しい訓練内容に怖じ気づいているらしい。

「特訓だ！」

「えぇ……」

コンラートは顔を引きつらせている。びびっているようだ。

「ルリアが、手本をみせるな？」

あたしは木をするすると登る。

「な？」

「す、すごいけど……なんで木なんてのぼらないと……」

「コンラートは、いつか王になるのだろう？」

「……うん」

「敵がおそってきたとき、木にのぼれた方がいい。にげられるからな？」

「はっ！　そ、そうかも」

「ということで、特訓だ！　コンラート！　のぼるといい！」

「うん！」

コンラートは一生懸命、木を登り始めた。

あたしは小声で囁く。

「クロ、いざというときは頼むな？　スイちゃんにも伝えて」

『わかってるのだ。スイに落ちかけたら受け止めるよう言っておくのだ』

「伝言してくれなくても、聞こえているから安心するのである！　スイは耳がいいゆえなー？」

「え？　水竜公閣下、いったいなにを？」

コンラートが後ろを振り返ってスイを見る。

「コンラート気をちらしてはいけない」

「はいっ！」

コンラートは汗を流し、一生懸命木に登る。

「右足はそっち！　左手はこっち！」

「こうですか！」

「そうだ。なかなかすじがいい。コンラート」

「ありがとうございます！　師匠！」

コンラートがなぜかあたしのことを師匠と呼び始めた。

悪い気はしないのでそのままにしておく。

「うむうむ。その調子だ。コンラート」

コンラートは十分以上かけて、なんとか木を登り切った。

「た、たかい……」

あたしの乗る枝に、コンラートはしがみついてぷるぷる震えている。

高さはそんなでもない。父の身長の一・五倍ぐらいの高さだ。

「コンラートみてみるといい」

あたしは枝の上に立ち上がる。

「ひぃっ、師匠、危ないです」

「コンラートは立たなくていいよ？　あっちをみるといい」

「……森が広がってる」

「な？」

「なにが？」

「いい景色だ」

「うん」

あたしは深呼吸する。そのとき気持ちのいい風が吹いた。

「風も気持ちいいな？　あせをかいているからよけい気持ちがよかろ？」

「うん。……気持ちがいぃ」

「あ、コンラートは一人で木にのぼったらダメだ。ルリアは達人だからいいけどな？」

「わ、わかった」

あたしはスイを指さした。

「落ちてもスイちゃんが受け止めてくれるからな？　危なくない。でも一人で登ると危ない」

「うん。わかった」

「でも、ルリアは達人だからいいんだけどな？」

そう言うと、コンラートは尊敬の目であたしを見た。

「さて、下りるか、下りる方が危ないから気をつけてな？」

あたしは木登りの達人なので、するすると下りる。十秒もかからなかった。

「ひぃ。こわいぃぃ～」

「右手はそこ！　手と足は、同時に動かさない！」

「こう？」

「そう。常に三点、こていするといい。動かすのはかたてか、かたあし、どれかひとつ！」

つい油断すると、右手と左足とかを同時に動かしたくなる。

それをすると落ちやすくなるのだ。

「ひいぃこわいぃ」

泣きそうになりながら、コンラートは木から下りる。

十分ぐらいかかったが、初心者だから仕方がない。

「コンラートはすじがいい」

「でも、師匠に比べたらずっとおそかった……」

「ルリアは達人だからな？」

そんなコンラートの頭をサラが撫でた。

「がんばったね。えらい」

「……えへへ」

コンラートは照れていた。

「さて、コンラート。次はあの木だ」

「ええ？　また登るの？」

「……む？　文句があるのか？」

「……ないです。師匠」

それから、あたしとコンラートは三本の木に登ったのだった。


その後、コンラートと一緒に昼ご飯を食べることになった。

「コンラート君、ルリアとサラと遊んでくれてありがとう」

「……いえ、こちら……こそ……ですぅぅ」

昼ご飯を食べながら、姉が社交辞令でそう言うと、コンラートは顔を真っ赤にしていた。

しどろもどろで、語尾が小さくなっている。

それを見て、姉は優しく微笑んでいた。


昼食後、コンラートは丁寧にお礼を言って帰っていった。

それから、あたしたちは自室に戻って精霊力の想像訓練をした。

体の中で精霊力をぐるぐる動かして、実際に発動せずに発動することを想像する訓練だ。

精霊王であるクロが教えてくれた訓練だから、きっと効果があるに違いなかった。

あたしとサラ、スイは寝台の上に座って、あぐらをかいて体内で精霊力をぐるぐるする。

もっとも、サラとスイは精霊力ではなく、魔力の想像訓練だ。

「ルリアちゃん、からだがあったかくなってきた！」

『うまいのだ！　サラ、その調子なのだ！』

「サラちゃん、クロが、その調子だって」

「うん！」

「りゃむ〜〜」

ロアもあたしの膝の上に乗って、真似をしている。

「スイちゃんは、訓練しなくていいんじゃないか？」

スイは魔法を使う達人なので、今更訓練など必要ないと思ったのだが、

「え？　スイだけ仲間はずれはさみしいのである」

泣きそうな顔をするのだ。

「そっか。じゃあ一緒にやろ」

そして、あたしたちは一緒に訓練を続ける。

『本当は木登りも剣術訓練もするべきじゃないのだ』

「えーなんで？」

『なんでって、この前、じいちゃんを助けたのだ！　あれは相当、精霊力を使ったはずなのだ』

「そんなことないと思う」

『あるのだ！　背が伸びなくなるのだ！』

だから、クロはしばらく安静にしろという。

『じいちゃんの前にスイも助けたし、その前にロアも助けたのだ』

すると、あたしの横で想像訓練中のスイが申し訳なさそうに言う。

「すまんのである。ルリアの背が伸びなくなったら……スイがずっと肩車するのである」

背が伸びなくても高いところに手が届くように肩車するということらしい。

「だいじょうぶだよ？　ありがとな？」

肩車はたまになら楽しいが、毎日だと不便な気がした。

『スイやロアのせいと、いっているわけではないのだ』

「うん、わかってるのである」

『でも、ルリア様はまた同じようなことがあれば、同じように助けるのだ』

「うむ。かもしれない」

『なら、普段は精霊力を使うべきではないのだ』

いざというときのために、普段は温存すべきということだ。

「そだなー。でも、けんじゅつ訓練ならいいと思うが？」

『ルリア様は剣術訓練でも木登りでも精霊力を使っているのだ』

「え？　そなのか？」

『そなのだ。剣は精霊力を纏っているし、木登りのときも手足に精霊力が流れているのだ』

そういえば、あたしの剣は精霊力で覆われていると以前聞いた気がする。

『微量だから、そんなに悪影響はないと思うのだけど、一日何時間もするのはどうかと思うのだ』

「ふむ～そんなもんかー」

『剣術訓練とか精霊投げとかした後は、想像訓練で調えたほうがいいのだ！』

「わかった！」

『あと、いっぱい食べるのだ！』

「それは得意だ」

どうやら、大きくなるのは、色々と大変らしかった。

「ルリアちゃん、クロはなんて？」

「大きくなるにはいっぱい食べろって」

『それだけではないのだ！』

「そだな？　あとなるべく魔法とか使わない方がいいんだって」

そんなことを話しながら、想像訓練を続けていると、ミアがぼんやりと光り始めた。

ミアはサラの膝の上で、あたしたちと一緒に想像訓練をしていたのだ。

「ミアが輝いてるな？」

「ミアすごい」

「…………あれ？　ミアおおきくなった？」

「ルリアちゃん、ミアは大きくなってないの」

「そかな？　でも印象がかわったような……気のせいかな」

「…………」

ミアはまじめに想像訓練をして、ぼんやり輝いていた。

その日の夜、あたしはみんなと一緒に眠った。

サラとスイとロア、それにダーウ、キャロ、コルコにミアと一緒だ。

「きゅ～」

「キャロもたまには一緒にねよ」

キャロはあたしたちが寝ている間、ずっと見張りをしていることが多い。

このままだと寝不足になってしまう。

「キャロの背がのびなくなる」

「きゅきゅ」

あたしはキャロとロアを抱っこして横になる。

「だいじょうぶ。敵がきても、これがあるからな？」

そう言って、枕元に置いた木剣を撫でる。

「敵がきたら、これでびしばしってやるからな？」

「きゅ～」

それでもキャロは見張りをしたいようだった。

「コルコはかわいいのであるなー」

「こっこ？」

今日のスイはコルコを抱っこして眠りたいらしい。

抱っこしたままあたしの右隣で横になっている。

「こぅ～？」

コルコは寝台が狭くなることを心配している。

大体、コルコは窓辺で外を見張っていることが多い。

「コルコも寝ないと背が伸びなくなるよ？　大丈夫、狭くないよ？　でかいからな？」

寝台は充分でかい。一番でかいダーウが一緒に寝ても余裕があるぐらいだ。

「……ば～ぅ～」

そのダーウは、もう気持ち良さそうに眠っていた。

サラはあたしの左隣で、ミアを抱っこして横になっている。

「サラちゃん、ミア、まだ光ってるな？」

「うん、訓練しているのかも？」

「…………」

ミアは食事中、皆がいる前では光っていなかった。

だが、それ以外ではずっと光っている。

「光りたい……おとしごろかも……」

「そだね……」

そんなことを話しながら、あたしたちは眠りについた。

次の日の朝、あたしが目を覚ますと、キャロはいつも通りヘッドボードに立っていた。

「キャロ、ちゃんと寝た？」

「きゅ！」

キャロは寝たと言うが、きっとあたしが寝てすぐ見張りに立ったに違いない。

「もー。じゃあ、あたしが起きている間に寝るといい」

「きゅきゅ」

「コルコは……寝た？」

コルコは窓の近くで眠っている。

「…………こぅ」

コルコも、ちゃんと寝たという。だが、きっとあまり寝ていない。

「ちゃんと寝た方が良いんだけど……」

キャロとコルコが心配だ。

「……ば～ぅ～」

「ダーウはまだ寝てる。心配じゃないな？」

ダーウはあたしより早く寝て、遅く起きるのだ。

まだ、子供だから仕方がない。

「キャロとコルコも、ダーウみたいに寝ていいよ？」

「きゅ」「こっ」

「キャロは今からでも寝た方がいい。あたしが見張っててやるからな？」

「きゅ〜」

「ちょっとまってな？」

あたしはロアを抱っこしたまま、寝台から下りる。

サラやスイ、ダーウを起こさないように慎重にだ。

「たしかこのあたりに……」

あたしはタンスからタオルを取り出した。

以前、ロアのご飯をキッチンから盗みだしたときに使ったものだ。

「こうやって……」

タオルの端を結んで、首にかけて、ハンモックみたいにする。

「キャロ、入っているといい」

キャロを掴んでそのタオルハンモックの中に入れる。

「ルリアが見張っているから寝るといい」

そう言って、あたしは木剣を掴んでヘッドボードの上に立ち上がる。

寝ているロアは頭の上に乗せておく。

「きゅ〜」

「遠慮するな。ちゃんと見張っているからな？」

ヘッドボードは頑丈なので、立ち上がっても壊れないのだ。

「そうだ、ゆらしてあげよう。いいこ〜いいこ〜、キャロはいいこ〜」

あたしが赤ちゃんだった頃、母やマリオンに揺らしてもらった覚えがある。

揺らされると、なぜか眠くなったものだ。

「……いいこ～」

「……ゆう」

ヘッドボードの上でゆらゆらしていると、キャロは眠った。

やはり揺らすと眠くなるらしい。

キャロはいつも可愛いが、タオルハンモックの中で仰向けで眠るキャロは特に可愛い。

「……可愛い。ふへへ……おや？」

あたしが、キャロの寝顔を見てにやけていると、視界の端にミアが入る。

ミアは光っていないが、なぜか違和感を覚えた。

「なにが……むむ？　ミア、雰囲気変わったな？」

あたしはみんなを起こさないように、本当に小さな声で囁く。

昨日までのミアは胴体は太めの棒で、手足は細い枝というシンプルな形状だった。

それが、今では頭は丸くて、黒い目があり、胴体は頭より少し小さい。

そして、手足はシンプルながら、ちゃんと人形ぽくなっている。

昨日までのミアは、知らない人が見れば木の棒と誤解しかねない姿だった。

だが、今のミアは誰が見ても人形だと思うだろう。

「……あれだな。昨日ねえさまがサラちゃんにあげた人形に似てるんだ」

きっと、昨日人形を見て、ミアは人形とは何か知ったのだ。

それで、自分の姿を人形に近づけたのだろう。

「ふむ～？　さすが守護獣だなぁ」

詳しいことはサラが起きてからクロに聞けばいい。

とりあえず、あたしは見張りを続けた。

「これが……キャロのしていた見張り……」

視界が高くて、少し楽しい。だが、何時間もこうしているのは多分退屈だ。

「ふむ～？」

「え？　ルリアちゃん、何してるの？」

「あ、サラちゃん、おはよう」

「……おはよう」

「キャロのかわりにみはってた」

起きてきたサラが、あたしを見て困惑している。

「……ええ」

戸惑いながら、サラは体を起こして、

「あれ？　ミア？　雰囲気変わった？」

ミアの変化に気がついた。

「…………」

ミアは嬉しそうに腕をパタパタしている。

「むむ？　おはようである……お、ミア、雰囲気変わったであるな？」

スイは起きてすぐ、ミアの変化に気がついた。

「クロ、いる？」

『いるのだ』

「ミアの雰囲気が変わったのだけど、なにかわかる？」

『木の守護獣だから、姿ぐらい変わるのだ』

「え？　木の守護獣だと姿ぐらい変わるのか？」

サラに伝えるために、あたしはクロの言葉を繰り返す。

『うむ。ほら、木の魔物のドライアドは固いはずの枝を動かして攻撃したりするのだ』

「木の魔物のドライアドは固いはずの枝を動かして攻撃したりするのか」

『動物と違って植物は動かないのだ。でも、魔物は動くのだ。なぜかわかるのだ？』

「植物は動かないのに、魔物の植物は動くけど、理由はわかる？　サラちゃん」

「あ、あの。ルリアちゃん」

サラは困ったような表情を浮かべている。難しすぎたのかもしれない。

「うん。難しいな？　確か動く植物図鑑によると、魔物の植物は魔力で体の形を変えて――」

「ちがくて！　ルリアちゃん」

「む？　違ったか。魔力じゃなかったか？」

「ちがくて……。サラ、クロがみえる」

「え？　みえるの？　ぼんやりと見えているんじゃなくて？」

「うん、可愛い黒猫。声も聞こえるの」

「おおー。クロ、何か話してみて？」

クロはしばらく固まって、サラを見ていた。

『……サラ。クロなのだ。よろしくなのだ』

「サラです。よろしくです」

どうやら、サラはクロを見ることも、クロと話せるようにもなったらしい。

あたしは生まれたときから精霊を見られたし、話せた。

だが、サラはそうではない。

「ほえー？　クロ、サラちゃんみたいに見られるようになることってよくあるの？」

『あるわけないのだ。多分……』

「たぶん？」「たぶん？」

あたしとサラの声が被る。

『もともと素質はあったのだと思うのだ』

サラは最初から精霊をぼんやりと見ることができていた。

『魔力が増えて扱いが上手くなって、ミアとの相互関係があれして、多分？』

「たぶん？」

『クロにもよくわかんないのだ！　スイはわかるのだ？』

「うーん、ミアも影響しているとは思うのである！　多分！」

クロもスイもよくわからないらしい。

ならば、はっきりとした原因は誰にもわからないだろう。

「たぶん……ミアが守護獣になって、守護獣は精霊と、にたそんざいだから……」

考えながら話すと、サラもクロもスイも、そしてダーウたちもあたしを見つめている。

「ミアとつながっているサラちゃんも……精霊をみれるようになった？」

「ありえるのである。親和性があがったのやもしれぬのであるなー？」

色々な原因が考えられるが、詳しく調べることはできない。

「サラちゃん。ばれないようにな？　めずらしいってことは、あぶないってことだからな？」

「そうなの？」

『そうなのだ。万が一、教会にばれたら、捕まって色々調べられるかもしれないのだ！』

「こわい」

『だから、他の人がいるところでは、精霊に話しかけたり目で追ったらダメなのだ！』

「ルリアも気をつけてる」

「わかった！　サラも気をつける！」

あたしは、真剣な表情のサラの頭を撫でた。

「サラちゃん、精霊とはなせるようになって、よかったな？」

「うん」

『あそぼあそぼ～』『わーいわい』

サラと話せるとわかったので、幼い精霊たちがサラの周りに集まった。

「わっ。小さい子たちともはなせる！」

『あそぼ～』

『お前たち。言うまでもないことなのだが――』

クロが精霊たちに改めて人のいるところでは話しかけてはいけないと説明していた。

それを聞きながら、あたしはサラに抱っこされているミアを見る。

「話のとちゅうだったけど、ミアはどうして、姿がかわったの？」

そう尋ねると、ミアは無言で手足をパタパタさせた。

「多分だな？　サラを守れるようにであろう？」

スイがそう言うと、ミアはうんうんと頷いた。

「やっぱりそうであったのであるな！」

「たしかに、昨日までの姿は可愛かったけど、弱そうだったものな？」

「…………」

ミアは一生懸命こくこく頷いている。

昨日までのミアの手足は細く折れそうだったし、全体的なバランスも悪かった。

そこも可愛いのだが、いざ戦うとなると、弱点になるのは間違いない。

「そっか。ルリアのダーウとキャロ、コルコみたいになりたかったのだな？」

こくこくと頷くミアを、サラはぎゅっと抱きしめる。

「ミア。ありがと」

ミアは嬉しそうに手足をバタバタさせた。


朝食の時、姉がサラに「あら？　人形が変わったの？」と尋ねた。

「え、っと……」

「スイの力なのであるからして？　かっこよいであろ？」

困ったサラにスイが助け船を出すと、皆納得した。

「あら、すごいのですね。さすがは水竜公です」

姉に褒められたスイは調子に乗って、

「ミアは動けるであるぞ？　ほれほれ」

と言って動かして見せた。

「おお……す、すごい」

皆、目を見開いて、驚いていたが、それ以上何も言われなかった。

偉大なる古代の水竜公ならばそのぐらいするだろうと皆思ったからだ。

「便利だなぁ」

あたしは思わず呟いた。

何かあっても、スイが頑張ったと言えば、大抵のことは何とかなる気がしてきた。

コンラートが来た時も、スイは堂々とロアを紹介していた。

偉大なる竜である水竜公が竜を抱っこしてても何もおかしくないのだ。

だから、コンラートも、ロアについて何も言わなかった。

あたしが治癒魔法を使ったり、呪いを解いても、スイがやったと言えばいいかもしれない。

「……あとで相談しないと」

「ルリア。また悪いこと企んでる？」

あたしの呟きが母に聞こえていたらしかった。

「ルリアは、わるいことたくらんだことないよ？」

「そう？　それならいいのだけど」

母の目を誤魔化すのは大変そうだ。

少し、大人しくしているべきかもしれなかった。


朝ご飯を食べた後、あたしは精霊力、サラたちは魔法力の訓練をした。

体の中で精霊力や魔力をぐるぐる回す、いつもの訓練だ。

それが終わると、書斎でお勉強をする。

「サラちゃん、これはカブトムシとよむ」

「……かぶとむし」「りゃあ～」

「あまりおいしくない」

「そっかー」「りゃむ」

一緒に図鑑を読みながら、字を教えるのだ。

ダーウたちはあたしの足元で、横になっている。

さすがにダーウやキャロ、コルコも勉強中は大人しくしてくれていた。

「あらあら、お嬢様方、お勉強熱心ですね」

お菓子を持ってきてくれた侍女が褒めてくれる。

「うむ。こんど、家庭教師がきてくれるらしいからな？」

五歳になったので、そろそろ本格的に勉強してもいいと判断されたらしい。

「陛下に対して、ルリアをかくす必要もなくなったからね」

と父が言っていた。

家庭教師から、王にあたしの情報が漏れることを父は警戒していたようだ。

「すこし字がよめると、先生がきたとき、らくだからな？」

「うん、がんばる。ぜんぜん字が読めないけど……」

「サラちゃんは頭が良いなぁ」

「そかな？」

「うん。もう半分ぐらい読めてる」

「でも、ルリアちゃんはおないどしなのに、全部よめ――」

「うまそうである！　ルリア、これスイも食べたいのである！」

ダーウたちですら大人しくしているというのに、スイはうるさかった。

「スイちゃん。あとでね？　今勉強中だからな？」

「すまぬすまぬ……これ、うまそうであるな？　作れるのであるか？」

どうやら世界各地の料理という本を見て、大騒ぎしているらしい。

「そうですね。見たことのない料理ですが、料理長に聞いてみましょうか？」

「頼むのである。うまそうであるなぁ？　ルリアとサラも食べたいであろ？」

スイが騒ぐと、ダーウも騒ぎ始める。

「ばう～ばうばう」

「お、ダーウも食べたいのであるな？　一緒に料理長のとこにいくのである」

「ばうばう～ばうっ？」

「そっかー、ルリアを守る仕事中であるか！　じゃあ、スイだけが行ってくるのである」

スイは本を持って食堂に走って行った。


昼食後、あたしたちが、中庭で遊んでいると、またコンラートが来た。

「遊びに来ちゃった。へへへ」

コンラートの顔はにやけている。

きっと、中庭に来る前に、姉に会ったのだろう。

「コンラート。感心なこころがけだな？」

あたしがそう言うと、コンラートはきょとんとした。

「え？　なにが？」

「きびしい訓練から、逃げださなかったことをほめてやる」

「え？　また木に登るの？」

「きょうははしる。これをもってついてこい」

「は、はい」

あたしはコンラートに、兄が幼い頃に使っていた訓練用の木剣を持たせてから走った。

もちろんあたしも、兄からもらった木剣と格好いい棒を持っている。

そんなあたしの後ろからスイとサラとダーウ、それにミアが付いてきた。

ロアはあたしの頭の上で、キャロとコルコは木の上で、周囲を見張ってくれている。

「コンラート。とにかく走るのだ」

あたしは威厳たっぷりに言う。

「なんで？」

「走れたら逃げられるからな？」

「逃げるなんて、王子としてふさわしくない」

「戦うとしても、走れないならやられる。そういうものだ」

そんな会話をしながら走って行く。

「サラちゃんは足はやいねー」

「ルリアちゃんの方がはやいよ」

「スイが一番なのであるからして？」

あたしもサラもスイも余裕だ。

だが、コンラートは、

「まってぇ……」

泣きそうになりながら、遅れ始めた。

「コンラート。そんなことでは逃げることも戦うこともできぬぞ？」

「はいぃ」

「しかたないなー。コンラートがばててるから、休憩するかー」

休憩に入っても、コンラートは「ぜえはあ」荒く息をしていた。

「コンラートは体力がないなぁ？」

「……うん」

「きたえたほうがいいよ？　そうじゃないと……」

「そうじゃないと？」

「いざというとき、しぬ」

「し、死ぬ!?　が、がんばる」

コンラートは訓練に身が入るようになった。

五章　五歳のルリアと、王宮事変

ルリアが王宮に来た二日後のこと。王と王太子は、王の私室にいた。

「やはり、ナルバチアは黒だ」

王は「影」が仕入れた情報を元に王太子に告げた。

「なんと。それは……残念です。ナルバチア大公の極刑は免れませんね」

王太子は辛そうな表情で呻く。

「ゲラルド。ナルバチアが大叔父だからといって、気を病む必要はない」

「はい。わかっております」

それでも王太子は険しい表情のままだ。

「陛下。兵を動かすタイミングが難しいですね」

ナルバチア大公も極刑となることがわかっているのだから、頑強に抵抗するだろう。

下手に戦が長引けば、野心を持つ貴族が兵をあげるきっかけとなるかもしれない。

それに他国につけ込まれる大きな要因にもなる。

「……それだけではない」

「といいますと？」

「ナルバチアは大昔に失われた精霊石作製技術を復活させようとしている」

「精霊石ですか？　お伽話にしか存在しないものだと思っていましたが……」

「そうであったら、よかったのだがな」

王は机の上に石を置く。

「これは？　まさか」

「精霊石。その出来損ないらしい。もっとも精霊を捕えることはできていないらしいが」

精霊を捕える技術は非常に高度で難しい。

だから今は魔物を捕えて石にしているようだ。

「魔石とは違うのですか？」

「魔石は魔物を殺した後に残るものだ。これは生きた魔物を石に変換したものだ」

魔石となった魔物は死ぬので結果は同じだが、過程が違う。

「この過程が精霊石作製に応用できるらしいのだが……」

「時間がありませんね」

ナルバチア大公が精霊石を量産できるようになれば厄介だ。

国は荒れ、多くの民が苦しみ、死ぬことになる。

「それにルイサの事績がある」

精霊を精霊石などにすれば、精霊の怒りを買うだろう。

そうなれば、大災害に見舞われ、大きな被害が出かねない。

それまでに討伐しなければならない。

「問題はナルバチアが、魔石をどれぐらい持っているかだ」

魔石を持っていれば持っているほど、ナルバチアの兵は強くなる。

魔石の量によっては、返り討ちにされかねない。

王の兵が返り討ちになることは絶対に避けねばならないのだ。

「ナルバチアにばれぬよう、秘密裏に兵を集めるといっても寡兵では意味がない」

「はい。演習を名目に、各地にわけて兵を集めましょう」

「一部を残して近衛騎士を動かす」

「それでは王宮の防備が……」

「背に腹は代えられぬ」

今の状態で近衛騎士を王都から動かすのは危険だ。

だが各地から兵を集めるよりも、ずっと早い。

「陛下。教会と『北』以外の呪術師集団にも協力させましょう」

「それはグラーフにやらせる。グラーフは教会と呪術師に影響力があるからな」

それを聞いて王太子は、驚いて一瞬固まった。

「どうした？」

「いえ、以前の陛下ならば、グラーフに手伝わせることはなかったかと」

グラーフが教会に影響力を持っているのは間違いない。

教会で権勢を恣《ほしいまま》にしている大司教サウロとグラーフは繋がっている。

そのうえ、呪術師四大集団の一つ「南の沼地の魔女」にいたっては、グラーフの傘下だ。

だからこそ、これまでの王ならば、グラーフも疑う。

「北」と組んだナルバチアが、「南」と組んだグラーフと協力する可能性を恐れる。

そうでなくとも、最悪の事態は、二つの大公家が手を組んで王家に叛旗を翻すことだ。

ならば、グラーフに異変を察知されるわけにはいかない。

そう、以前の王ならば考えたはずだ。

「グラーフは裏切らぬよ」

「なぜそう思われるのですか？　いえ、私も同意見ではあるのですが……」

猜疑心の塊のような王は簡単に人を信用しない。

王太子のことすら、王は常に疑っていたのだから。

「余も、グラーフも、ルリアが大切だからな」

全く論理的ではないし、そもそも理由になっていない。

同じ者を大切に思っている者同士が殺し合うこともあり得るだろう。

「なるほど。そうなのですね」

王太子は理屈ではないが、なんとなく理解できた。

その日から王と王太子は通常の業務をしながら、ナルバチア大公討伐の準備を始めた。

そして、王の密命を受けたグラーフも、忙しく動き始めた。

◇◇◇◇

それから毎日コンラートはやってきたので、毎日走り込み、木に登って、訓練をした。

一週間が経ち、コンラートも木登りが上手くなった頃。

夜ご飯を食べ終わった後、あたしはケーキを食べていた。

「うまいうまい。苺がうまい。生クリームもうまい。サラちゃん、うまいな？」

いわゆる、苺のショートケーキというやつだ。

「おいしいけど、ルリアちゃんお腹いっぱいにならないの？」

「ん？　甘い物はべつばらだからな？」

「でも、夜ご飯もサラの倍ぐらい食べたのに……」

あたしはケーキを二つ食べたのに。サラはまだ一つしか食べてない。

「サラちゃん、えんりょしなくていいのだよ？」

「してないよ？　お腹いっぱい」

「サラちゃんは小食なのだなぁ」

「ルリアが大食いなだけよ？」

姉がそんなことを言っていた。

「そうだ、ルリア。陛下から、ルリアとサラに招待状が来ているよ」

そう言って父が開封済みの招待状を渡してくれた。

最近の父は忙しいらしく、目の下に隈ができている。

「とうさま、ねてる？」

「うん。寝ているよ。ありがとう」

そう言って、父はあたしの頭を撫でてくれた。

「ねてるならいい。キャロもすぐ夜ふかしするからなー」

そんなことを言いながら、あたしは招待状を確認する。

「ルリアちゃん、なんて？」

「さみしいから、明日王宮にきてほしいんだって。スイちゃんとかダーウたちも来ていいって」

謁見の間とかがある場所ではなく、王宮の離れへの非公式な招待らしい。

だから、自由なようだ。

「急だね？」

「たしかに、サラちゃんの疑問はもっともだな？」

あたしが父を見ると、父は笑顔で言う。

「大事な予定が延期になったみたいなんだ。それで、一日暇になったから来て欲しいらしい」

「じいちゃんは忙しいものな」

「そうなんだ。それに、これからしばらく陛下は多忙になるからルリアに会っておきたいらしい」

「そっかー」

急な予定変更でもなければ、暇になるときは滅多にないのだろう。

それに、これから益々忙しくなるとは。王とは大変な仕事だ。

「ただ、急すぎて私やアマーリア、マリオンは用事があって、同行できないんだ」

「とうさまもかあさまも、マリオンも忙しいものな？」

父は大貴族にして大領主たる大公なので、いつも忙しいのだが、最近は特に忙しいらしい。

朝ご飯は一緒に食べてくれるが、昼ご飯と夜ご飯の時は屋敷にいないことが多いほどだ。

それに大公家の家政を司り、貴族同士の社交を担当する母も忙しい。

先日まで湖畔の別邸で動けなかった分、仕事がたまっているに違いない。

加えて、父が忙しい分、母にも仕事のしわ寄せがいっているはずだ。

そして、マリオンも、サラのかわりに男爵家のすべてを司っているので忙しい。

代替わりしたばかりなので、余計忙しいはずだ。

「陛下はルリアとサラを大切に思っているし、危険はないと思うが……」

父は子供だけで王宮に送るのは不安らしい。

「ルリアは行くよ？　お菓子を用意しているらしいし」

王からの手紙にはお菓子を沢山用意してあると書いてあった。

「サラちゃんはどうする？」

「ん。サラもいく」

「スイも行くのである！」「ばうばぅ」

すると母が言う。

「非公式だからうるさく言われないと思うのだけど……礼儀正しくね？」

「うん、大船にのったつもりでまかせて？」

「……不安ね」

ぼそっと母は呟いた。母は心配性らしい。

そして、あたしとサラ、スイとダーウたちは王宮に遊びに行くことになった。


次の日、朝ご飯を食べた後、あたしたちは王宮へと向かう準備をする。

あたしとサラはしっかりと帽子を被った。

サラはおしゃれのため、あたしは髪を隠すためだ。

「念のため髪をかくさないとだものな～」

王が味方になってくれたとはいえ、赤髪を良く思わない者もいる。

「あ、万が一のときに顔を隠せるようにじいちゃんにもらった狐の仮面も持っていこう」

「…………万が一などないわよ？」

母が呆れたように言う。

「でも、万一がなくても、じいちゃんと狐ごっこできるから無駄にならない」

「…………陛下が……そんなことするかしら？」

母はそう言ったが、仮面を持っていくことに反対はしなかった。

あたしもサラも、動きやすい服を身につける。

「これ、にいさまの？」

「ルリアとサラのために作らせた物よ」

兄が小さい頃に着ていた服にそっくりだが、改めて作った新品らしい。

「ルリアとサラの体にあわせて作ったから、動きやすいでしょう？」

「たしかにポケットもたくさん付いているからいいな？」

「ありがとうございます」

「ルリア。ポケットが沢山ついてても、虫を中に入れたりしたらダメよ？」

「うん。わかった」

「約束よ？」

母は何度も念押ししてきた。

それから、リュックの中に着替えとおやつを入れる。

「フード付きのローブだ！　これがあると髪を完全に隠せるな？」

「うん」

「謎の魔導師ごっこもできる」

「そかな？」

準備を終えると、あたしたちは馬車で出発する。

ダーウは大きすぎて馬車に乗れないので、馬車の隣を走って付いてきた。

王宮は王都の最北にある。

王都の街中をダーウが走ると目立ちすぎるので、大きく迂回して北から入ることになった。

王宮の北口から入り、侍従に案内されて、王宮の端にある離れに到着する。

「我々は外で待機するように言われておりますので、何かあればおっしゃってください」

「わかった、ありがと！」

侍従たちは離れには入らないことになっているらしい。

きっと、あたしが精霊魔法とか使えることが、ばれないように王が気を遣ったのだ。

「侍従がいないなら、ロアも外に出られるな？」

あたしはリュックの中に入れていた、ロアを外に出す。

「りゃあ～」

「いざとなれば、スイちゃんの弟ってことにすればいいけど……」

水竜公《すいりゅうこう》の弟ならば、誰も文句は言えない。

だが、水竜公がいること自体もあまり広まって欲しくない。

スイを利用しようと悪い奴が寄ってくるかもしれないからだ。

「ミアもでていいよ？」

「………」

サラのリュックの中にはミアが入っている。

いざとなれば、ミアもスイが作ったことにすればいい。

とはいえ、ミアも目立たないに超したことはない。

「じゃあ、探検するかな？　サラちゃんいこう」

「うん！」

まだ王はいなかったので、あたしたちは探検することにした。

離れは、普通の貴族の屋敷のようだった。少しディディエ男爵邸に作りが似ている。

長方形で、南側に窓があり、北側に廊下がある。

周囲は高さ二・五メルトの金属製の柵に囲まれていた。

「しんちょうにな？」

「うん」

あたしはロアを頭の上に乗せて、格好いい棒でビシバシ床を叩きながら廊下を進む。

兄にもらった木剣も腰に差しているので万全だ。

「ばう！」

「ダーウ、ルリアより前にでてはいけない。わなが……あるかもだからな？」

「わふ」

前に出ようとするダーウを抑えて、あたしは進む。

「鎧がある。これお爺さまがきるのかな？」「………」

サラは観察しながら、あたしの後ろを付いてきて、その後ろをミアが付いてくる。

「わー。こっちには寝台もあるのである！」

「きゅっきゅ」「こここ」

スイとキャロ、コルコはあたしたちとは別行動で、走り回っていた。

危険がないか見てまわってくれているらしい。

「わふ？」

ダーウがあれはいいのかと、目で訴えてくる。

あたしがまだ罠チェックしていないところを走り回っているのが、気になるのだろう。

「キャロとコルコはかるいからな？　罠が発動しない。それにスイちゃんは飛べるからな？」

ほんとに飛べるかわからないが、多分飛べる。竜の姿のときは羽が生えていたし。

「わふわふ」

あたしの完璧な説明に、ダーウは納得したようだった。

離れを探検したあと、あたしたちは食堂にやってきた。

食堂の机の上には沢山のおやつが載っている。

「食料があるから、ここがきちだな？」

「そだね」

「わうわう!!」

ダーウは早くお菓子を食べようといって尻尾をぶんぶんと振っている。

「そだな。お菓子を食べて、また探検だな？」

「スイ、王宮のお菓子を食べるの初めてである！　楽しみなのであるなー」

あたしとサラは謁見の日のお菓子を沢山食べた。

だが、スイはその前日に王の寝室に忍び込んだだけなので、お菓子は食べていないのだ。

「ほう？　これが王宮のお菓子であるか？　どれどれ」

「バウバウバウバウバゥッ！」

お菓子を食べようとするスイを必死になって、ダーウが止める。

「もうダーウったら。全部食べないから安心するのである」

「バウバウバウ！」

ダーウは変な臭いがするから食べるなといっているのに、スイは気にしない。

「スイちゃん、まって――」

「むぐむぐむぐ。うまい！」

だが、そのお菓子を躊躇《ためら》いなくスイは口にしてしまった。

「ううぅ～～」

ダーウはお菓子に向かってうなり声を上げる。

「スイちゃん、ぺっして、ぺっ」

「え？　なんでであるか？」

「いいから！　はなしはあと！」

「う、うむ、口から出すなんて、行儀悪いのであるが……」

そう言いながら、スイは口に入れたお菓子を吐き出した。

「いったいなんなのであるか？」

「ダーウの様子がおかしい……これは、くさってる可能性もある」

「スイちゃん、腐ってるもの食べたら、お腹すごく痛くなるよ？」

「そうなのであるか？　こわいのである！」

スイはやっと事態の深刻さに気づいたようだ。

食い意地の張っているダーウが食べるなというのは、非常事態だ。

ひとまず食べるべきではない。

「ダーウ、どんなにおいがした？」

「わふ～」

ダーウは絶対食べたら駄目な臭いだと主張している。

「ふむ？」

あたしは、お菓子に触れずにくんくんとおやつの臭いを嗅ぐ。

「これ、腐ってるお菓子の臭いじゃない」

「じゃあ、食べていいのであるか？」

「だめ。これは毒」

前世で食べたことのある毒の臭いがした。

あたしを虐めるために、たまに食事に毒を混ぜられたことがあった。

その毒と同じ臭いだ。

「……からだがしびれてうごけなくなるやつだ」

「王の奴、ゆるせんのである！　ルリアを毒殺しようとするなど！　万死に値するのである」

怒りのあまり、スイの魔力が膨れあがった。

「スイちゃん、落ち着くといい。これは多分死なないやつだ。くるしいけどな？」

あたしは冷静にスイをなだめる。

「これが落ち着いていられるか、なのである！」

「それにじいちゃんが毒をしこんだとはかぎらないからな？」

「…………ふむ？」

「こういうときは、情報収集がだいじ。クロ、精霊たちいる？」

あたしが呼びかけると、クロが壁から、精霊たちが天井、床から生えてくる。

「話きいてたな？」

『聞いているのだ』『どくこわいー』『いやだねー』

「じいちゃんが、無事かしらべられる？」

『わかったのだ。おまえたち、いくのだ！』

『りょうかいりょうかい』『しらべる～』

「王宮にかわった様子があるかもみてきて？」

『まかせて！』『いってくる～』

精霊たちが、王宮の各地に飛んでいく。

他の人には姿が見えず、壁も素通りできる精霊は密偵に最適なのだ。

「クロは侍従の様子をみてきて？」

『わかったのだ』

クロはふわふわと外に飛んでいく。

「サラちゃん。だいじょうぶだ」

あたしは不安そうにしているサラをぎゅっと抱きしめた。

「ダーウ、キャロ、コルコ、警戒してな？」

「わふ」「きゅ」「ここ」

「ミアも、いざというときはサラちゃんをまもってな？」

「…………」

ミアはサラをかばうように前に出て警戒していた。

「心配しなくてもいいのである。いざとなれば、スイが全部吹き飛ばせばいいのである」

そう言って、スイはあたしたちを元気づけようとしてくれていた。

『見てきたのだ！　外にいる侍従たちの会話を盗み聞きしたのだけど……』

「なんていってた？」

『ルリア様たちを逃がさないようにするのが役目みたいなのだ』

「ほう？　侍従は、敵か？」

「スイがしばき回してくるのである」

「まあ、まつといい。まだ謎があるからな？」

「謎とはなんであるか？」

あたしは、スイとサラに向けて解説する。

侍従が本物かどうかわからない。

本物だったとしても、王の命令で動いているかもわからない。

「じいちゃんは、無事なのかな？」

「心配だね……」

「うん、じいちゃんが悪い奴に捕まってる可能性もある」

その場合は、あたしたちが捕まってると思わせておいた方が良い。

「助け出さないとだね」

「そう。だからまずは精霊たちが戻ってくるのをまったほうがいい」

そして、あたしは木剣と格好いい棒をしっかり握りしめる。

「クロ、この建物の周りってどんなかんじ？　こうぞうとか」

『うん、少し待つのだ』

宙に浮いたままクロが前足をかかげると、ぼんやりとテーブルの上が光り始めた。

『ええっと〜こうなのだ！』

テーブルの上に立体的な光の模型が出現する。

「クロすごい！」

「おお、後でやり方を教えて欲しいのである」

その模型は、精霊の特殊な魔法なので、普通の人には見られない。

だが、精霊を見ることができるサラもスイも、しっかり見ることができるのだ。

『前に来たときにも見たから、建物の配置は覚えているのだ！』

「すごい！　さすが、クロ！　ありがと！」

『えへへ。これが、今いる離れなのだ。離れを囲む柵がこれで……、侍従の配置はここ』

「ふむふむ、わかりやすい。ちなみにこの前ルリアたちがいった謁見の間はどれ？」

『謁見の間のある王の宮殿はこれなのだ』

それは離れから、千メトルほど離れているらしい。王宮はとても広いようだ。

「……とおいな？」

「陛下はそっちかな？」

「……そうかも」

「ぅぅ～」

突然、ダーウが小さく唸った。

「どした？　ダーウ」

「ぁぅ」

ダーウは小さな声で吠えると、窓を見る。

「ん？　あっ！」

窓の外に、柵をよじ登るコンラートが見えた。

コンラートの服は泥だらけで、顔には小さな擦り傷が入っている。

登りにくい柵を一生懸命登って、地面に飛び降りた。

あたしは急いで走って窓を開けて、手を伸ばしながら、小声で尋ねる。

「コンラートどした？」

「ち、父上が」

あたしもコンラートも手が短いので届かない。

「ん。摑むといいのである」

スイがコンラートの手を摑んで引き上げた。

「はぁはぁはぁ」

コンラートの息は荒い。ずっと走ってきたに違いない。

「怪我してるな？　スイちゃん、水出してあげて」

水にも毒が入っている可能性があるので、スイに出してもらう。

「ん。飲むがいい」

「ありがと、ございます……ごくごく」

コンラートは宙に浮く水球に直接口をつけて水を飲んだ。

「コンラート、どこに敵がいるかわからないから小声でな？」

コンラートが水を飲んでいる間に、あたしは怪我を治した。

『ルリア様。そんなかすり傷は治さなくていいのだ！　魔法は控えるって約束なのだ！』

小言を言うクロに、無言で「ごめんね」と伝えるために頭を下げる。

「すごい。水を飲んだら、痛くなくなった」

「スイちゃんは偉大な竜だからな～」

そう言って誤魔化しておく。

「で、コンラート、なにがあった？　おうたいしが謀反でもおこしたか？」

「父上はそんなことしない」

王に叛旗を翻すなら王太子が最有力候補だと思っていたので違ったようで良かった。

「それで何があったのである？」

「えっと、王太子宮で午前の勉強をしていたら、急に騒がしくなって……」

王太子宮とは、王太子の住まう宮殿のことだ。

あたしはクロが作ってくれた光の模型を見る。

「コンラート。王太子宮ってのは、どのあたり？」

「えっと、ここから五百メトルぐらいはなれていて、ちょうど王の宮殿との間にあるかんじ」

「ふむ？　これかな？」

あたしは光の模型の王太子宮と思われる建物を指さした。

「ルリア？　これってなに？」

光の模型を見ることができないコンラートが首をかしげる。

「なんでもない。つづけて？」

「えっと、建物が兵士に囲まれていて」

「ほうほう？」

「兵士たちは勅命で拘束するから開門しろっていってたけど、父上は信じなくて」

「ほほう？」

「非常時用の隠し通路を通って、ここに走れって」

王太子宮だけでなく、宮殿には非常用の隠し通路が用意されているものだ。

「ここって、この離れ？　なんで？」

「助けを呼べって。離れにルリアたちが来るはずだからって……」

それで、コンラートは走ってきたのだ。

「そうか。ルリアをたよって……」

こんなときだというのに、少し感動してしまった。

そこまで王太子に信頼されていたとは。

「え？　違うよ？　水竜公が……」

「うむ。たよられたのなら、しかたないな……」

コンラートがごちゃごちゃ言っているが気にしない。

王太子からの信頼を裏切るわけにはいかない。

「それで、コンラート。王太子は逃げなかったのであるか？」

「うん、父上まで逃げたら、敵も隠し通路を探すだろうって」

幼いコンラートがいないだけなら、敵も本腰を入れて探さないだろうという判断だ。

「それは、正解かもしれないな？」

本腰を入れて探していたら、ここももっと騒がしいはずだ。

「王太子は無事なのであるか？」

「父上は無事に決まってる！」

「コンラート、静かにな」

「あっごめん」

コンラートも王太子が無事か、不安なのだろう。

「あの、水竜公、父上を助けてくださいませぬか？」

「ん。ルリアどうするのである？」

「もう少しまつ」

「なんで？　すごい魔法を使える水竜公なら、敵をやっつけられるんでしょ？」

コンラートはすがるようにスイを見つめる。

「もちろんそうである。王宮ごとふきとばすぐらい、スイにはたやすいのであるが……」

「コンラート、敵がどこにいるか、王太子とじいちゃんがどこにいるか。今調べているところだ」

「調べるって、どうやって？」

精霊を使っているとは言えないので、あたしは少し考えた。

「…………えっと、水竜公が魔法で？」

「すごい。水竜公はやっぱりすごい！」

「えへへ～すごいのであるな。だから、スイにまかせておくといいのである」

スイがそう言って、コンラートは落ち着いたようだった。


数分待って、精霊たちが戻ってくる。

『るりあるりあ！　あっ』『しらんひといる！』『はなしちゃだめなんだよ！』

『よいのだ。今日は特別なのだ』

『いいの？』『わかった！』『はなすね！』

コンラートを見て、精霊たちは一瞬躊躇ったが、クロに言われて報告を始める。

『えっとね。じいちゃんはここにいた！』

『おうたいしはこっち！』

精霊たちはクロの光の模型を使って、説明してくれる。

どうやら、王は王の宮殿の奥の方に、王太子は王太子宮にいるらしい。

「王は王宮で、王太子は王太子宮にいるのであるか。移動してないのであるな」

「すごい、魔法で調べたんだね！」

「そうなのである」

『王太子宮はこんなふうになってて〜』

『王太子がいるのは、このあたりで〜、敵の配置が』

精霊たちは光の模型を直接いじって、内部構造を詳しく作り上げていく。

敵の配置から考えて、王太子は幽閉されているようだ。

前世のあたしも、父母を殺された直後、処遇が決まるまで、しばらく幽閉されていた。

「王太子が幽閉されてるってことは……」

王を弑逆《しぎゃく》した後、幽閉した王太子を形式的に即位させるつもりかもしれない。

反乱の首謀者は、王太子には自由を与えず、当然権力も与えない。

それでも、形式的に王の正当後継者である王太子が即位していれば、貴族たちを抑えられる。

もちろん、抵抗し兵を挙げる貴族もいるだろうが、少なくなるはずだろう。

建前を整えるのは非常に有効なのだ。

前世で父王が殺された後もそうだった。

一年ほど、あたしの幼い兄が王となり、謀反人の叔父は摂政となった。

叔父を謀反人だといって、抵抗した貴族もいたが、多数派にはならなかった。

抵抗した貴族の粛正が終わった一年後に兄は突然死んだ。

病死ということになっていたが、毒を盛られたのは間違いないだろう。

「こんかいも……そうなるかもな？」

「ルリア、なにが？」

「なんでもない」

とりあえず、王から助けるのが良いだろう。

王さえ死ななければ、謀反は失敗だ。

「じいちゃんの周りはどんなかんじ？」

あたしはスイに尋ねるふりをして精霊たちに尋ねる。

『えっとね。じいちゃんは宰相とここにいて、敵にかこまれてた！』

「王と宰相は敵に捕まっているのであるな？」

『あとじゅじゅつしがいた！』

「呪術師もいたのであるな？」

『うん、なんか呪者を呼び出してた！　こわかった！』

「そっか、じゃあ、じいちゃんから助けよっか」

そう言うと、王太子宮に偵察に行ってくれた精霊が慌てたように言う。

『ルリアまって！　王太子宮にもじゅじゅつしがいたよ！』

「なんだと？」

『こわくて、王太子宮にもあまり近づけなかったんだけど……』

『王太子は呪われたっぽい。すごく苦しんでた』

「……可哀想なのである。ルリア」

呪われて苦しんでいたスイが真剣な表情で呟いた。

「そだな。わかった。王太子からたすけよ」

あたしがそう言うと、皆が頷いた。

王太子を助けて、それから王を助けることに決まった。

出発しようとすると、サラが真剣な表情で、コンラートに聞こえないぐらい小声で呟いた。

「ルリアちゃん、髪をかくそ？」

「ん？」

「目立たない方がいい。だって、呪者いるんでしょ？　それに仮面もつけたほうがいいよ」

「そっか。確かに」

あたしが解呪したり、呪者と魔法で戦ったら、目立ちすぎてしまう。

それはとても良くない。

「準備しておいてよかったな？」

あたしとサラはリュックから、フード付きローブと狐仮面を取り出して身につける。

「サラちゃん、ルリアの髪隠れてる？」

「うん、隠れてる。ばっちりだね。あ。サラも尻尾と耳隠しとこ」

「念のためにな？　……うん、ちゃんと隠れた」

あたしとサラは互いに、ちゃんと隠れていることを確認した。

「……かっこいい」

あたしとサラの変装を見てコンラートがぼそっと呟く。

「コンラートも頑張れば、いつか、こういうかっこうをできるようになる」

「うん。頑張る」

あたしは格好いい棒を腰に差し、木剣を右手に持った。

「コンラート。狐仮面の正体がルリアとサラちゃんということは内緒だ」

「わ、わかった。でもなんで？」

「なんでもだ。わかったな？」

「わかんないけど、秘密にする」

「ならばよし」

仮面をつけた格好いいあたしにクロが言う。

『仕方ないこともあると思うのだけど、なるべく魔法を使わないで欲しいのだ』

「うん」

『なるべく、スイにまかせるのだ』

「まかされるのである」

いざというとき以外、魔法は使わないようにしよう。

背が伸びなくなるのは困るからだ。

「サラ、コンラート、ダーウの背中に乗るといい。塔まで走る」

この場に残しておくと人質にされかねないから連れていったほうがいいだろう。

「敵はどうするの？」

「基本はむしだ。でも、むしできないようなら、スイちゃんおねがい」

「まかせるのである！」

ダーウの背中に、前からあたし、サラ、コンラートの順で乗る。

「ぎゅっと抱きつくといい。落ちないようにな？」

「わかった」「う、うん」

サラがぎゅっとあたしに抱きつき、コンラートがサラに抱きつく。

「ロアはあたしと一緒にいくのである」

スイがロアを抱っこする。

「キャロとコルコはついてきてな？」

「きゅ」「こここ」

「ダーウ、窓から出てはしるよ？　振動はすくなくな？　素人《コンラート》がのってるからね？」

「ばう」

あたしが窓を開くと、ダーウが外に飛び出す。

そして、そのまま高さ二・五メルトの柵を軽々と跳び越える。

浮遊感に包まれて、「ふおぅ」とコンラートが小さく呻いた。

「コンラート。大きな声はださないでな？」

「わ、わかった」

キャロは柵の隙間を通り、コルコはバサバサと飛んで柵を越える。

コルコはにわとりだが、数メルト程度なら飛べるのだ。

スイも片手で柵を摑んで、「ふんっ」と軽々と跳び越えた。

「さすがスイちゃん」

「当たり前なのである。スイは竜であるからなー？」

人とは比べ物にならないほど、身体能力が高いのだ。

あたしたちを見張っていた偽侍従たちも、柵を乗り越えられると思わなかったのだろう。

全く気づかれなかった。

「このまま いくよ！」

「あぅ！」

ダーウはものすごい速さで、音もなく走る。

上空には鳥の守護獣たちが沢山飛んでくれている。

「こころづよいなぁ」

すぐに王太子宮が見えてきた。四十人ほど兵隊がいる。

馬に乗った騎士も二名いた。

「ダーウ、むしして中につっこむよ。こうぞうは、わかってるな？」

ダーウも光の模型を真剣な表情で見つめていたので、構造を把握しているのだ。

「あぅ」

ダーウは任せてというと、そのまま走り抜ける。

「あ、嫡孫殿下だ！　止めろ！」

「なんだ、お前は」「怪しげな狐仮面が！」

馬に乗った騎士が兵に指示を出し、あたしたちを止めようとするが、

「さがれ下郎」

「うわあああああ！」

ダーウに並走するスイが、右手を振るうと、大量の水が現われて、兵士を押し流す。

「スイちゃん、すごいな？」

「スイにかかれば、この程度余裕であるからなー？」

どや顔をするスイに向かって、

「化け物が！　矢を射かけよ！」

王太子宮の二階にいて水から逃れた兵士が弓を構える。

「ピイイイイイ！」

そこに五十羽ほどの守護獣の鳥たちが襲い掛かった。

「なんだ、この鳥は！　や、矢を……」

兵士たちは矢を射るどころではない。

クチバシでつつかれ金属製の鎧に穴が空けられ、悲鳴を上げる。

爪で摑まれて、宙に浮き、二階の高さから落とされる。

「このっ！」

クチバシと爪を逃れた兵士が、弓に矢をつがえて、フクロウの守護獣を目がけて放つも、

「ぴぃ？」

フクロウはやすやすと爪で矢を止める。

「ば、ばけもの……うわぁぁぁ」

そこにコルコが羽をばたつかせて、二階の窓から飛び込んだ。

コルコに続いて、キャロも素早く走って、壁を登り、二階に飛び込む。

「ここここっこここ！」「きゅきゅきゅきゅきゅきゅ」

コルコは爪とクチバシを振るって、兵士を追いかけ回す。

キャロはその隙に二階から一階へと下りていき、

――ギィ
王太子宮の扉が開かれた。

「キャロありがと！」

「きゅ！」

扉の開閉を担当していた二名の兵士は倒れている。

キャロが体当たりを駆使して、一瞬で気絶させ、扉を操作して開けたのだ。

「わうっ！」

ダーウはあたしたちを乗せたまま、開かれた扉から中へと入る。

『こっちこっち！』『ついてきて！』

精霊の後に続いて、ダーウは走る。

室内にも兵士がいるが、コルコ、キャロ、鳥たちの奇襲で混乱しているので抵抗はない。

ダーウの背にしがみつくあたしに、クロが言う。

『ルリア様、呪者には気合いを入れて精霊力をぶつければ倒せるのだ』

「わかった、ありがと」

『本当はよくないのだ！　でも、非常事態なのだ！』

「うん、なるべくきをつけるな？」

クロとの会話が終わった直後、精霊たちが騒ぎ出す。

『あの部屋におうたいしがいる』『じゅじゅつしもいるからきをつけて』『じゅしゃもいる！』

扉には呪力による封印が施されていた。

たとえ王太子を救い出そうと近衛騎士がやってきても、扉を開くことはできないだろう。

「ダーウ止まって」

「ばう」

「スイちゃん、こわせる？」

「頑張れば壊せるのであるが、少しかかるのである」

水竜公たるスイでも苦戦するほどの封印ということだ。

つまり、中の者たちは、破られるとは思っていないに違いない。

「…………スイなら苦戦するけど、ルリアなら一瞬なのである」

スイは、コンラートに聞こえないよう極めて小さい声であたしの耳元で囁いた。

スイの見立てでは、あたしなら一瞬で封印を解けるようだ。

ならば、やるしかない。

「わかった。ダーウ、きしゅうだ！　封印がとけたら、大声だして一気につっこんで」

「ばうっ」

封印が解けた後の手はずは整った。大声を出すのは、びびらせるためである。

あとは解くだけだが、それが問題だ。

あたしはクロを見る。

『……もう！　仕方ないのである。ルリア様なら、手を触れて、解けろって念じればいいのだ！』

「そんなかんたんなわけ……」

あたしは扉に手を触れる。

ここからどうすればいいんだろう？　色々試すしかないな？　と思ったのだが、

――ガリン
不思議な音がして、封印が解けた。

クロの言うとおりに、ほんとに解けたので、少しびっくりした。

「ばうばうっわぉおおおおん！」

ダーウは大声で吠えながら、一瞬で扉を爪で切り裂き、中に飛び込む。

ダーウの大声で中にいる者たちが固まっている隙に、あたしは部屋の中を把握する。

窓は一つもなく、扉は今入ってきたものが一つしかない。暗い部屋だ。

部屋の中には瘴気が満ちており、吐きそうなほどの悪臭が漂っている。

部屋の中央に天井から鎖で吊された半裸の王太子。

その王太子の両脇に、大型犬のような形状の呪者が二匹。

部屋の四隅に、それぞれローブを着た呪術師が四名。

それが部屋の中にいる全員だ。

二匹の呪者は口から触手を出して、王太子の腹に突き刺している。

王太子は目と口と鼻から緑色の液体を垂れ流していた。

腹から呪いの成分を注入され、あふれた分が目鼻口からこぼれているのだろう。

恐らくだが、王太子の血液を呪い、最終的に脳を支配するつもりなのだ。

「狐？」

あたしたちの侵入から一瞬後、呪術師が反応する。

「きえれえええええ！」

あたしはクロに教えられた通りに、気合いを入れて精霊力を呪者にぶつけた。

「「NUGYAAAAAAAA！」」

一瞬で、呪者は蒸発するように消え去った。

「いったいなにが？」「ありえぬ！　我らの秘奥義で作り出した呪者が！」

混乱する呪術師に、

「ここここ！」「きゅぅぅぅ」「…………」

コルコ、キャロ、ミアが体当たりし、四人中三人を気絶させる。

「あ。あぁぁぁぁ。ゆる、ゆるして……」

「スイちゃん、おねがい」

命乞いする一人を残して、あたしはダーウから降りて王太子の下《もと》に駆け寄った。

慌てて、コンラートも付いてくる。

「父上、父上！　気をしっかり持ってください！　水竜公助けてください！」

王太子は目を覚まさない。苦しそうにうめき続けている。

「うむ。少し待つが良いのである」

スイは呪術師の首を掴んで持ち上げていた。

「……」

治療はあたしにまかせるということだ。

あたしは無言で王太子を調べる。かなり血が呪われている。

「クロ」

『もう止めないのだ』

「ありがと」

あたしはクロに力を借りると、精霊力で王太子を包み込む。

あっという間に呪いの成分が浄化されていくのがわかる。

(呪いは解けたな？)

『ルリア様、治癒魔法はまた今度でいいのだ！　温存すべきなのだ』

クロの言いたいこともわかる。だが、放置できるわけがない。

「すまんな？」

あたしは治癒魔法を使って王太子の外傷と傷ついた内臓を一気に治した。

「父上、父上、起きてください、父上……」

「…………コンラートか。心配かけたな」

目を覚ました王太子はコンラートを見て微笑んだ。

「無事でよかったな」

あたしがそう呟くと、王太子はやっとあたしたちに気づいた。

「え？　あなたたちはいったい？」

少し警戒した表情で見つめられる。あたしとサラが狐仮面をつけているので驚いたのだろう。

「む。王太子。我は水竜公である」

「おお、水竜公、助けていただきありがとうございます」

スイが前に出ると、王太子は立ち上がって跪いた。

「む。非常時ゆえ、気にするでないのである」

それから王太子はコンラートの頭を撫でる。

「父の言いつけを守り、水竜公を呼んできてくれたのだな。よくやった」

「はい」

コンラートは嬉しそうに微笑んだ。

それから、王太子は、あたしとサラを見る。

「水竜公。この方たちは……」

「我の仲間であるからして、怪しくないのである」

「ですが、その大きな犬はルリ——」

「我の仲間であるからして？」

「な、なるほど、水竜公の。……そういうことなのですね。畏まりました」

そして、王太子は水竜公に改めて頭を下げる。

「水竜公、お願いがあるのですが」

「わかっているのである。王を助けて欲しいのであろ？」

「そのとおりです」

スイはちらりとあたしを見たので、ちょいちょいと手でこっちこいと招き寄せた。

「……なんであるか？」

スイはあたしに近づいて、めちゃくちゃ小さい声で囁いた。

あたしもスイの耳元で囁く。

「……おじさんが、じいちゃんを助けることにしよ」

「なるほど？　目立たないようにだな？」

「そうそう。おじさんとコンラートに馬に乗ってもらって――」

「ほうほうほう」

あたしとスイの会議を、真剣な表情で王太子は見つめていた。

「おじさんは矢で狙われるから――」

「わかっている。おとりにするのであるな？」

「ちがう。スイちゃん、まもってあげて？」

「ルリアとサラは？」

「ダーウがいるからだいじょうぶだ。それにいざとなったら魔法を使う」


打ち合わせを済ませると、スイが王太子に指示を出す。

「王太子、そなたが先頭に立つがよいのである！」

「なるほど、私が健在だと示すことで、旗幟《きし》を決めかねている者をこちらにつかせるのですな？」

「そ、そう？　そうなのである！」

王太子が健在で、王の側に立っていることを示すことは大事だ。

それに、王太子が活躍して王を救ったとなれば、美談だ。

そのことばかり噂になり、狐仮面がいたことなど重要ではなくなる。

それに王家が一枚岩だと、近隣諸国と貴族たちに示すこともできる。

そう、あたしは考えたのだ。

「あ、呪術師たちはここに閉じ込めとこ。スイちゃんできる？」

「余裕であるからして！　あ、まず縛っておくのだ」

スイは魔法を使って、部屋の中に落ちていたロープを使って呪術師たちを縛り上げる。

それが済むと、スイは王太子に向かって言った。

「付いてくるのである！」

あたしたちが部屋を出ると、スイは魔法を使って扉に鍵をかけた。

「中に敵を閉じ込めておくのである！」

瘴気をこもらせるためか、窓が一つもない部屋だったので、扉を封じればそれで充分だ。


スイが走り出し、その後ろを王太子とコンラートが付いていく。

あたしとサラはダーウの背に乗って、その後ろから付いていく。

ロア、キャロとコルコ、ミアもダーウに乗った。

王太子宮から出ると、敵兵たちは守護獣の鳥たちに痛めつけられてボロボロになっていた。

「ひぃ～助けて、助けて……」「鳥が……襲って。ひぃ」「……ママこわいよぉ」

敵兵たちは、爪とクチバシで痛めつけられて、服も鎧も脱がされて、ほとんど半裸だ。

その辺りに転がっている金属製の鎧は、クチバシでつつかれて穴だらけである。

兵たちは何度も爪で摑まれ持ち上げられて地面に落とされたらしく、全身傷だらけだ。

「みんな、ありがと！」

「ぴぃ〜」「ほほぅ」

「スイちゃん、あいつとあいつ、顔だけ出して埋めといて」

「まかせるのである。あいつとあいつであるな」

その二人は馬に乗っていた騎士だ。

「ちょいちょいっと、である。スイは水魔法以外も達人であるからして！」

スイは土魔法を使って、一瞬で穴を掘ると、騎士二人を放り込み、穴を埋める。

ちょうど、首から上だけを出した状態になる。

「土に魔法をかけとくのである！」

スイの魔法のお陰で、敵兵が掘り返そうとしてもスコップが通らないだろう。

「王太子、馬に乗るのである」

「は、はい」

騎士が乗っていた馬は無傷だ。鞍をつけたまま近くの草をのんびり食べていた。

「よし、行くのである」

王太子とコンラートが一頭の馬に乗ったのを見て、スイは走り出す。

『こっちこっち〜』『あ、そっちに敵が三人いるよー』

精霊たちが先導しながら、周囲の状況を教えてくれる。

「王太子だ！　捕えろ！」

「どくのである！」

兵士が走ってきても、スイが問答無用で吹き飛ばす。

スイは王太子たちが乗る馬よりも速く走りつづけ、あっという間に王の住む宮に到着した。

入り口では兵士と近衛騎士同士が言い争っている。

「王のご命令だ！　立ち去れ！」

「だまれ！　我らは近衛騎士だ！　陛下の側に参らねばならぬ！　そこをどけ！」

「陛下はお前たちが謀反を起こそうとしているとお疑いだ！」

「なんという！」

「疑念を晴らしたければ、大人しく縛につけ！」

王宮を占拠した敵に対して、近衛騎士が中に入れろと騒いでいる。

だが、敵は王の命令だと言い張って、通さない。

異常事態が起きていることはあきらかだが、王が捕えられた証拠はない。

それゆえ、近衛騎士たちも実力行使に出ることができないでいる。

「控えよ！」

そこに王太子の大声が響き渡る。

「陛下は敵の手に落ちた！　王家に忠誠を誓う者は我に従い、王を救出せよ！」

「おお！　我ら、近衛騎士、殿下に従い、命を懸けて王をお救い申し上げます！」

近衛騎士たちが次々に声をあげる。

王や近衛騎士団長の姿が見えず、近衛騎士たちには何が真実かわからなかった。

誰が敵なのかもわからない。

王が本当に自分たちを疑っているのかもわからない。

実際、王は疑い深い。自分たちを疑っていてもおかしくはない。

そんな不安を近衛騎士たちは抱いていた。

それゆえ近衛騎士たちは王太子にすがるように賛同した。

王太子の登場に近衛騎士たちが盛り上がっている近くで、あたしはスイに耳打ちする。

「……スイちゃんはおじさんといっしょに正面からたのむ。派手にな？」

「……ルリアは？」

「うらからじいちゃんをたすけだす」

「……わかったのである。スイたちは陽動であるな？」

「そうともいう」

「こっちは任せるのである。ダーウ、ルリアとサラを任せたのである」

「あぅ」

次の瞬間、スイが大声を上げる。

「王太子。あやつらをなぎ払えば良いのであるな？」

「おお、水竜公、お願いいたします！」

王太子とスイの会話で、近衛騎士たちはスイの正体に気がついた。

「水竜公といえば、ヴァロア大公殿下と親交のあるという……」

「つまり、ヴァロア大公殿下も王を救おうと」

水竜公の存在は一般には知られていない。

だが、水竜公が入ってきても、止めなくていいと王から指示が出ている。

それゆえ、王の護衛でもある近衛騎士たちは水竜公を知っているのだ。

王の息子が二人とも王を救おうとしている。つまり自分たちの仕える王家は一枚岩だ。

その事実は、近衛騎士たちを勇気づけた。

「お前たち。我は偉大なる竜、水竜公である。どくがよい」

「黙れ！　何が竜だ！　偉大な竜がお前のような弱そうな姿のわけがない！」

「偽物が！　何が竜だ！」

兵士たちがスイに向かって声を荒らげるが、

「ふむ？」

次の瞬間、大量の水が何もない空間から現われて、敵兵たちを押し流した。

あまりの魔法の威力に、味方の近衛騎士たちも唖然とした。

「これでよかろう。王太子、行くのである」

「おお、さすが水竜公。お見事です」

そして、王太子、コンラート、スイと近衛騎士たちは王宮内へと入っていった。


スイが水魔法で敵兵を押し流したのと同時に、ダーウは静かに走り始める。

王太子と近衛騎士たちは目立つ。スイは魔法が派手なのでもっと目立つ。

敵はなんとかして侵入を止めようとするはずだ。

近衛騎士は強いし、スイは規格外に強い。

だが、王宮の構造は複雑だし、敵も抵抗するので王にたどり着くまでに時間がかかるだろう。

「いそがないとな？」

「うん。王太子殿下みたいになってたら、かわいそうだもんね」

王太子も呪われかけていた。王も同様の目に遭っている可能性はある。

王太子が王のところにたどり着いたとき、王が支配されていたら手遅れだ。

「精霊たち、ちかみちおしえて」

『こっち～』『でも、じゅしゃいる、こわいー』

「ダーウ、かまわずつっこんで」

「わふ」

ダーウはすごい速さで走っていく。

「わぅ」

小さく吠えると、ダーウが建物をぴょんと跳び越えて、中庭に着地。

続けて飛んで、屋根の上に乗って走って進む。

王宮は敵の侵入を遅らせるために複雑な迷路のような構造している。

ダーウは、その身体能力を生かして、王宮の構造をほとんど無視して進んでいく。

「狐の仮面の子供とでかい化け物だと！　矢で射殺せ！」

屋根の上を駆けるダーウを見た中庭にいた敵が、矢を射てくるが、

「ふん！」

あたしは魔法で風を吹かせて、矢をそらした。

「矢がとどかぬだと？　魔法を放て！」

敵の魔導師が詠唱を開始するが、

「だめ！」

あたしが自我がないほど幼い精霊たちに向かってそう言うと、精霊たちは力を貸すのをやめる。

「え？　魔法が撃てない！」

精霊が力を貸さなければ、魔導師は魔法を撃つことはできない。

「何をしているか！　はやく魔法を放て！」

「魔力が消えるのです！」

「何を馬鹿なことを！　さっさと魔法を放たぬか！」

敵が混乱し始めたので、その隙に先へと進む。

『じいちゃんはあの建物だよ』『じゅしゃもいるし、じゅじゅつしもいる！』

『とびらは、のろいでふうじられてるよ！』

精霊たちが教えてくれる。

その扉の前には近衛騎士が十人ほどいた。王太子とこちらに向かっているのとは別の部隊だ。

全員が扉を開けようと苦戦している。

巨大なハンマーやノミやノコギリなどを使ってこじ開けようとしていたらしい。

だが、呪いで封じられているのだから開くわけがない。

「止まれ！　何者だ！」

あたしたちに気づいた近衛騎士から誰何《すいか》される。

だが、尋ねたいのはこちらも同じだ。この近衛騎士は敵か味方か。

「あたしは王を助けにきた。おまえたちはどうだ？」

「当然、我らは王の盾である！」

王の護衛を担う近衛騎士は「王の盾」とも呼ばれるのだ。

「そうか、ならば味方だな」

「怪しい奴め！　幼子の姿で巨大な魔物を操っているなどお前は妖魔の類いではないのか！」

「お前が味方だと証を立てよ！」

近衛騎士の疑問はもっともだ。

あたしも自分たちが怪しいことを自覚している。何せ、狐仮面を身につけているのだから。

「わかった。見ているといい」

あたしはダーウの耳元に囁く。

「扉の封はあたしがあける。そのままつっこんで！」

騎士に聞こえないように小さな声で囁いた。

だが、万が一、聞こえてもいいように、あたしは名前は口に出さない。

「ばうっ」

ダーウがいいよと返事してくれたので、あたしは、扉に向かって手をかざして叫ぶ。

「ひらけえええ！」

すると、扉は「ガキン」という音がして封印が解かれた。

「ばあぁぁがあああああう！」

ダーウは大声で吠えながら、体当たりをすると、扉は吹き飛んでいく。

そのまま、ダーウは室内へと飛び込んだ。

「え？　開いただと！」「いくらやっても開かなかったのに！」

「突撃！」

一瞬、近衛騎士は驚愕し固まったが、すぐに我に返って、あたしたちに続いて室内に突入する。

「なっ」

あたしたちの突入に、室内の者たちは固まった。

その隙に、あたしは室内を見回して、状況を把握する。

王太子の時と同様に、室内には窓がなく、入り口も一つだけだ。

瘴気も同様にこもっている。きっと、瘴気を逃がさないようそのような部屋を選んでいるのだ。

中には縛られて宙に吊された王がいる。

王太子と異なるのは、もう誰かわからないほど全身が腫れあがっていることだ。

呪いが大分進行しているに違いない。

王の近くには、鞭を持った宰相がいた。その鞭を使って王を拷問していたのだろう。

宰相以外の敵の陣容は犬型の呪者が三体、それに呪術師が五人だ。

それに鎧を身につけて、剣を持つ戦士が一人いた。

まず、敵が混乱している間に先手を取るべきだ。

「きえれえええ！」

あたしは三体の呪者に気合いを入れて精霊力をぶつける。

「GIIIIEEEE」

二体の呪者が蒸発するも、一体が残った。

「なに！　なぜ、消える！」

「なぬ？　どして、消えない？」

宰相とあたしの声が同時にあがる。

何故残ったのか。一体だけ特別なのか。どう違うのか。

あたしは、戦闘中だというのに、つい考えてしまった。

「おい！　騎士たちをとめろ」

宰相が叫ぶと、一斉に呪術師たちがあたしたちに向かって手をかざす。

「おお、呪いか？」

どうやら、あたしたちに一時的な呪いをかけたらしい。

『特殊な魔石を使っているのだ！』

「ませき？　しんだまものからとれるやつ？」

『それとは違うのだ！　過程が違って……いや、あとで説明するけど、呪いの威力が高まるのだ』

理屈はわからないが、呪いを増幅させる特殊な魔石を使っているらしい。

「なんと」

敵に襲い掛かろうとしていた近衛騎士が全身を硬直させ、バタバタと倒れていく。

確かに、呪いの効力が非常に高い。

「肝が冷えたぞ。まさか呪者を消す手段を持っていたとはな」

「う、動けぬ！」「何をした！」

「まだ話せるか？　さすがは近衛騎士だな？」

「宰相閣下、これは一体……どういうことですか！」

床に倒れた近衛騎士の隊長が、全身をわずかに痙攣《けいれん》させながら、呻く様に尋ねる。

「お前たちは謀反を起こし王を殺したのだ。忠義者の私はお前たちを討伐した。そういうことだ」

「なにを……」

近衛騎士の反乱ということにして王を殺すつもりのようだ。

宰相は、この前、王に怒られた。だからだろうか。

他にも裏切りの理由はあるのかもしれないが、今のあたしにはどうでもいい。

「全員を殺せ」

「御意」

宰相がそう言うと、戦士が手を動かす。

「GYAAAA！」

同時に、消えなかった呪者が騎士たちに向かって襲い掛かろうとし、

「きゃううう」「こここおお！」

キャロとコルコが飛び出して、迎撃する。

近衛騎士たちは動けなくとも、あたしたちは動ける。

精霊と仲がよかったり、守護獣だったりするので、呪いに対して強いのだ。

「ありがと、たすか――」

「はああああ！」

最初に混乱から立ち直ったのは戦士だ。

あたしが動けると判断し、一瞬の隙を突いて、あたしに向かって斬りかかってきた。

「あぶな」

なんとか兄にもらった木剣で剣を弾く。

木剣で弾いたように見せかけて、実は魔法の壁で弾いておいた。

「ばうっ！」

ダーウが爪を振るい、戦士は大きく後ろに飛んで距離を取る。

素早い動き。凄腕の戦士だ。

「は、早く倒さぬか！」

宰相は慌てるが、戦士は落ち着いたものだ。

「お前。ふざけた格好をしているが、ただ者ではないな？」

「わかるか？　そうただものではない」

顔を隠していても、やはり、わかる奴にはわかるらしい。

「おい、やれ」

戦士が呪術師に対して指示を出す。

「まて！　これ以上魔石を消費すれば、呪力がたりなくなり、王の支配が……」

「いま出さなければ、どちらにしろ終わりです。さっさと出さんか！」

宰相は難色を示したが戦士は却下して、呪術師にもう一度指示を出した。

「は、はい！」

慌てた様子で、呪術師たちが何かを唱え始める。一体何をしようというのか。

それはともかく、どうやら、この中で戦士が一番厄介らしい。

あたしは隙を窺う。

その間も呪者とキャロとコルコが激しく戦っている。

その呪者もかなり強いようだ。

「……あの戦士を倒すよ」

敵が手強いならば、一番強そうな奴から倒すべきだろう。

「ばう」

「おっと、少し大人しくしろ」

あたしたちを見ていた戦士がそう言って、王の首に剣を突きつける。

「……お前は王をころせないな？」

王は利用したいはずだ。だったら殺せないはず。

そう思ったのだが、騎士はにやりと笑う。

「そうともかぎらんぞ？」

騎士は宙に吊された王の鎖を剣で斬った。どさりと、王が床に落ちる。

「お前、何を勝手な――」

「黙っていてください。出し惜しみして負けたら、俺もあんたも、死ぬしかないんだ」

戦士がそう言うと、宰相は押し黙った。

「少なくとも、お前らは王を殺せないはずだ」

あたしを見て、にやりと笑うと、戦士は王に剣を渡す。

「……ガストネ、あいつらを殺せ」

「ぐああああああ！」

王があたしたちを目がけて襲い掛かってくる。

「なに！　もう支配がすんでいたとは！　かわして！」

「ばうっ」

ダーウは必死にかわす。

反撃するのは簡単だ。だが、そうすれば王は無事では済まない。

「王を解呪する……はぁぁぁぁ、なに？」

王と近衛騎士たちの解呪をしようとしたが、弾かれた。

この部屋に入ってすぐ、三体の呪者を浄化しようとして一体に弾かれた。

それと同じ感覚だった。

『ルリア様！　王の後ろにある魔石で作られた赤い像と王が繋がっているのだ』

「む？」

『あれがある限り解呪できないのだ！　呪者を浄化できなかったのもあれのせいなのだ！』

「どすればいい？」

『あれを掴んで放り投げれば良いのだ！』

次の瞬間、サラがダーウの背から飛び降りて、赤い像を目がけて走り始めた。

「待て！」

戦士がサラを止めようとしたが、サラはかい潜る。

サラは足が速く、すばしっこいのだ。

「あいつを止めろ！」

戦士が叫ぶと同時に呪術師たちが一体の呪者を新たに産み出した。

「GUAAAAAA！」

産み出されたばかりの呪者は、サラを目がけて襲い掛かる。

呪者の爪がサラを切り裂こうとしたとき、

「…………」

ミアが止めた。

「なんだ、あれは？　ゴーレムか？」

呪術師たちが混乱している隙に、あたしは、

「はあああああ！」

魔法を使って、呪術師五人を吹き飛ばす。

呪者をこれ以上呼ばれたら厄介だからだ。

「何という魔法の威力……」

近衛騎士たちが呻き、

「五人同時に？　何という威力！　化け物か！」

戦士は驚愕し、

「ひぃぃ」

宰相はうずくまって悲鳴を上げた。

「よくわかったな？　あたしは狐のあれだからな？」

狐仮面をつけていることを生かして、あたしのことを狐の化け物だと思わせておく。

そんなことをしている間に、もう一人の狐仮面、サラが赤い像にたどり着いた。

「やめろっ！」

戦士が慌てるが、もう遅い。

「とりゃあああ！」

サラは赤い像を摑むと、力一杯放り投げた。なかなかの肩力だ。

赤い像は壁にぶつかり、砕け散る。

どうやら、サラは足が速いだけでなく、肩も強いらしい。

あたしも負けていられない。

「でかした！　りゃあああああ」

あたしは同時に気合いを込めて精霊力を、呪者と王、近衛騎士たちにぶつける。

「GYAAAAAA」

悲鳴を上げて呪者は蒸発し、王は倒れて、腫れがひいていく。

サラが赤い像を破壊してくれたお陰で、王を解呪できるようになったのだ。

「ちぃ！」

戦士が王を殺そうと、襲い掛かるが、

「キュッ」「ココココッ！」

キャロとコルコが、戦士の前に立ち塞がった。

呪者が消え去ったことで、キャロとコルコが自由に動けるようになったからだ。

「おまえはもう、あきらめたほうがいい」

あたしはダーウの背から降りると、王に向かって歩いて行く。

ダーウにはサラを守るよう目で合図する。

「動け動け！」

騎士たちはなんとかもがいて、立ち上がろうとしているが、上手くいっていない。

近衛騎士たちの拘束も解いていたが、まだ全身がしびれているようだ。

「わふ」

ダーウは正確にあたしの合図をくみ取って、サラと戦士の間に入った。

「お前は、あたしたちにかてない」

あたしは戦士に向かってそう言いながら、王にゆっくりと近づいていく。

「お前ら、本当に何者だ？」

「お前に言うひつようはない。ただ、ただものではないのは確かだ。狐だしな？」

会話で相手をしながら、時間を稼ぎ、治癒魔法で王の傷を癒やしていく。

「お前、魔法だけでなく、解呪と治癒魔法まで……聖女か？」

「聖女ではない。もし聖女だとしても狐の聖女だ」

「なにをわけわからんことを！　ちっ！　やむをえぬか。王の命だけもらいうける！」

「それは、もうおそいな？　やめたほうがいい」

警告したにもかかわらず、戦士はあたしと王を目がけて襲い掛かる。

剣を構え、魔法で身体強化をして、超高速で、あたしたちに迫るが、

「ばうっ！」

戦士はダーウに体当たりされて、

「ぐうう……」

壁に激突して、苦しそうに呻く。

手足を含めた骨が何本も折れて、内臓も傷ついているはずだ。

身体強化をしていなかったら、死んでいただろう。

ダーウは体重が重く、そしてものすごく速い。

本気で体当たりされれば、馬車にひかれる以上のダメージを食らうことになる。

「だから、おそいといったのにな？」

解呪したあと、あたしが警戒したのはサラと王を人質に取られることだ。

だから、ダーウをサラの護衛に回し、あたし自身は王の護衛に入った。

そして、小さい頃から一緒に育ったダーウはあたしの意思を正確に読み取ってくれた。

あたしが会話で時間を稼いでいる間に、サラを背に乗せ、ゆっくりと移動していたのだ。

戦士があたしと王に襲い掛かってきたとき、いつでも反撃できる位置にだ。

「えらかったな。完璧だ！　まさにあたしが思い描いたとおり。すごいぞー」

「わふわふ！」

ダーウは嬉しそうに尻尾を振った。

「だいじょうぶ？」「きゅきゅきゅ」「ここぅ」「…………」

そこにサラとキャロ、コルコ、ミアが戻ってくる。

「ん、だいじょうぶ。だいじょうぶ？」

「うん。だいじょうぶ」「きゅ」「こ」「……」

名前を呼べないので、少し不便だ。

そんなことをしている間に、王の治療が終わった。

すぐに目を覚ますだろう。

「りゃあ」

「おとなしくしてて、えらかったな？」

あたしはロアのことも撫でる。

ロアはずっと、ダーウの首の上辺りにしがみついて大人しくしていたのだ。

「陛下は？」

お爺さまと呼べば正体がばれるので、サラは敢えて陛下と呼んだ。

「治療はおわった」

「そっか」

あたしがロアとダーウを撫でていると、サラは王の様子を診てくれる。

一方、あたしは倒れている近衛騎士たちに言う。

「まだ、くるしい？」

「だ、大丈夫です、お気遣いありがとうございます」

「あの、あなたは一体？」

「正体不明の狐仮面だが？」

正体を誤魔化しながら、近衛騎士たちに治癒魔法をかける。

「治癒魔法？　なんと……ありがとうございます」

「数々の偉大なる魔法……それに解呪に治癒魔法……。感謝いたします」

「幼い姿だというのに……」「あなたは聖女なのですか？」

近衛騎士たちが起き上がりながらそんなことを言う。

「ヴァロア大公家の――」

「ちがうよ？」

あたしは即座に否定する。あぶない。ばれるところだった。

きっとダーウが大きくて目立つので、もしかしたらと思ったのかもしれない。

「あたしはただの通りすがりの狐仮面だよ？」

「な、なるほど……」

なんとか誤魔化すことができたようだ。

「……狐仮面様。これほどの奇跡と言っていい魔法を使われるとは、聖女様ですね」

「ちがうよ？　あたしは、ただの通りすがりの狐の仮面だ。聖女じゃないからな？」

聖女だとばれたら、とても面倒なことになる。

「…………なるほど。聖女ではない狐仮面様であると」

「そうそう」

「狐仮面様に、感謝を」

改めて近衛騎士たちにお礼を言われた。

そのとき、サラが明るい声を出す。

「あ、起きた？」

「おお……また、助けられたな」

そう言って、王はサラの頭を撫でると、あたしを見る。

「ルリ――」

「ちなみに、あたしたちは狐仮面だ」

「そ、そうか。そうだな、狐仮面……」

あたしの言葉で、近衛騎士たちがいることに気づいたようだ。

王はすぐに名前を呼ぶのを止めてくれた。

「陛下！　申し訳ございません！　御身を守るという役目を果たせず、この咎《とが》は命をもって――」

「よい」

そして王は笑顔で言う。

「近衛騎士の大半を動かしたことが裏目に出たな。余の判断ミスだ」

王は宰相を見た。

「こやつの裏切りを読めなかった余の責だ」

どうやら、王は近衛騎士の大部分を動かして、何かしていたらしい。

その隙を宰相に突かれたようだ。

「こやつらを捕えよ」

「御意！」

近衛騎士たちはテキパキと動いて、宰相や呪術師、戦士を拘束する。

「あ、王太子もたすけたから、すぐにくるよ」

「おお、王太子も……狐仮面が？」

「そうなる。……ちょうどきたかな？」

遠くの方から騒がしい声が聞こえ始めた。

その一分後、王太子とコンラート、それにスイと近衛騎士たちがやってきた。

「陛下！　よくぞご無事で！」

「狐仮面に助けられたぞ」

「私もです」

そして、王と王太子は互いの無事を喜び合っていた。

エピローグ

王と王太子が合流した後、ルリアとサラ、スイと守護獣たちは王の私室へと向かった。

ルリアたちを見送った後、王は近衛騎士たちに向かって言う。

「そなたたちの中には、あの狐仮面の正体に気づいた者もいるだろう」

近衛騎士の大半は気づいていた。

あれはヴァロア大公家の末娘ルリア・ファルネーゼだ。

背格好が同じだし、声も同じだ。大きな犬を連れているという噂の通りだった。

「だが、口外してはならぬ。狐仮面は正体を隠しているのだからな」

「御意」

王がそう言った理由も、近衛騎士たちは理解できた。

あれほどの力があると知られれば、悪用しようとするものが必ず現われるだろう。

魔法も、治癒魔法も解呪の能力も、全てがあり得ないほどの水準だった。

この目で見なければ、信じられなかっただろう。

「そのうえで頼む。もし、狐仮面が窮地に陥るようなことがあれば、助けてやって欲しい」

王がそう言うと、近衛騎士たちは跪く。

「陛下。狐仮面様がいらっしゃらなければ、我らも無事ではすまなかったでしょう」

近衛騎士たちは狐仮面は命の恩人だと語る。

「命に替えましても、お助けすることを誓います」

「ありがとう」

王にお礼を言われて、近衛騎士たちは驚いた。

◇◇◇◇

王と王太子は後始末で忙しいらしいので、あたしたちは王の私室へと向かった。

あたしとサラ、スイとダーウたちも一緒だ。

ちなみにコンラートは王太子宮に戻っていった。

「うまいうまい」

「ばうばう」

王の私室には沢山のお菓子が用意されていたので、バクバク食べた。

ダーウもうまいうまいと食べている。

「やっぱり、魔法を使うと、おなかがへるのだなぁ」「ばう～」

「ルリアちゃん？　さっきおやつに毒が入ってたのに、こわくないの？」

「ないよ？　だってくさくないもんな？　ダーウ」

「ばう〜」

サラだけでなくスイも警戒しているようで、まだ食べていない。

「ほんとに大丈夫であるか？」

「うん。だいじょうぶだよ！」「ばうばう」

「そっか、ならば、スイも……うまいのである！」

「なーうまいな？　サラちゃんもたべよ」

「う、うん。あ、おいしい」

「サラちゃんも動いたからお腹すいたでしょ」

「すいた」

一度食べ始めると、サラもバクバク食べる。やはりお腹が空いていたようだ。

「キャロとコルコ、ロアも食べるといい」

「きゅ〜」「こここ」「りゃありゃ」

「ミアには精霊力をあげよう」

「…………」

おやつを沢山食べてお腹いっぱいになると眠くなってくる。

「ふわ〜おひるねしよ」

『それがいいのだ！　ルリア様は力を使いすぎたから寝た方が良いのだ！』

「クロもそうおもうか……」

そして、あたしとサラは、横になったダーウの背中で眠ったのだった。

◇◇◇◇

ルリアたちが昼寝を始めてから三十分後、

「ルリア！」

王の私室にルリアの父母、グラーフとアマーリア、それにマリオンが飛び込んできた。

「……二人とも寝てるのか」

グラーフはルリアたちの無事な姿を見て胸を撫で下ろし、

「よかったです」

マリオンはサラをぎゅっと抱きしめた。

「よく眠っているわね」

アマーリアはルリアを抱きあげる。

「んみゅ？　ごはんか？」

「そうね、帰ったら御飯にしましょうね」

「うん」

一瞬目覚めたルリアは、すぐにまた眠った。

「……陛下から連絡が来たときは肝が冷えたぞ」

そう言って、グラーフはダーウを撫でる。

「ばう」

ダーウはグラーフの手をベロベロ舐めた。

「ダーウ、キャロ、コルコもルリアを守ってくれたんだろう？　ありがとう」

「ばう」「きゅ」「こ」

「水竜公《すいりゅうこう》も……」

「もうたべられないのである～」

スイは仰向けで眠っていた。

そして、グラーフたちはルリアたちを連れて屋敷へと戻る。

ルリアはアマーリアが、サラはマリオンが抱っこして、スイはグラーフが背負って馬車まで運ぶ。

馬車の中でマリオンがグラーフに尋ねた。

「これからどうなるのでしょう？　内乱が起こるのでしょうか？」

「それは大丈夫だ。今頃、ナルバチア大公の城は落ちているはずだ」

王が兵を動かして敗北が必至になったので、クーデターを起こしたのだ。

宰相も、ナルバチア大公が捕縛されれば、裏で繋がっていることがばれることを恐れた。

それゆえに、宰相はクーデターに賛同したのだ。

それに「北の沼地の魔女」に関しても、追い詰めつつある。

壊滅するのは時間の問題だ。

「今回のクーデターは窮鼠が猫を噛もうとしたものだ」

窮鼠《ナルバチア大公》はいいところまで、猫《王》を追い詰めた。

王が死んでいれば、情勢は大きく動いただろう。

「内乱に至らなかったのは、陛下と兄上が無事だったからだ」

つまり、内乱を防いだのは、ルリアたちの功績である。

「本当にたいした娘たちだ」

グラーフは愛娘の頭を優しく撫でた。

「……ぜんぶたべていいのか？」

ルリアは寝言を呟いて、よだれを垂らした。

書き下ろし短編　鳥小屋事件

コルコの朝は早い。日の出とともに起きると窓際で外の監視を始める。

そんなコルコの元に守護獣のフクロウがやってきた。

「……ほほう」

夜目がきくフクロウは夜の間に見回りして報告してくれるのだ。

大体いつも、問題なしと報告されるのだが、今日は違った。

「…………ここ？」

「ほほぅ」

フクロウは、問題が起きたので鳥小屋に来て欲しいという。

鳥小屋とは、ルリアが三歳の時、守護獣の鳥のためにアマーリアが建ててくれたものだ。

「ここ」

コルコがわかったと答えると、フクロウは鳥小屋へと戻っていく。

朝ご飯を食べた後、ルリアとサラは庭に遊びにいった。

「……ここ」

コルコはダーウとキャロに「鳥小屋に行ってくる。ルリア様を頼む」と伝えて、屋敷を出る。

「わふ〜？」「きゅきゅ」

鳥小屋に近づくと、烏《からす》の鳴き声と羽ばたき、そして人間の声が聞こえてきた。

「かぁかぁ！」「かかあかかかかあ」

「待て待て！　つつくな！　つつくな！」

どうやら、鳥小屋に入ろうとしている人間を守護獣の鳥が追い払っているらしい。

悪い人間かもしれないので、コルコは背後からこっそり近づいた。

「ああ、ひどい目に遭った。おや？　コルコじゃないか」

追い払われた人間は、コルコもよく知っている大公家の使用人だった。

「困ったなぁ？」

誰でもいいから愚痴りたかったのだろう。使用人は語り出す。

「最近急に鳥小屋に入れてくれなくなったんだ。これでは小屋の中が糞だらけになってしまう」

アマーリアの命で建てられた鳥小屋は、使用人によっていつも綺麗に掃除されていたのだ。

「掃除用具の回収は諦めるか。やれやれ」

そういって、鳥に襲われて落とした掃除用具を放置して去って行った。

「ここ〜（皆息災か？　何があった？）」

コルコが鳥小屋の中に入っていくと、掃除されていないだけあって、糞が大量に落ちていた。

「かかかかぁ！」「かかぁあかぁ！」

暴れていた鳥は小屋の右奥に、他の鳥は左側に固まっていた。

「ぴぃぴぃ！（たすけてコルコ）」「ほろっほー（大変なんだ！）」

コルコを見た鳥たちは一斉に集まってくる。途端にコルコは羽毛まみれになった。

「ほほほぅ（鳥が卵を産んだのだが、巣が地面に落ちてな。幸運にも卵は無事だったが……）」

鳥も鳥小屋の高いところに巣を作ったのだが、地面に落ちてしまった。

守護獣は卵の段階でも強いので割れなかったが、不幸な事故で地面に落ちてしまった。

「ほほう？（コルコ、どうにかできぬか？）」「ぴよぴよ（たすけてコルコ）」

鳥たちは困り果て、自分たちで解決することを諦めて、コルコを呼んだのだ。

「こここ（無茶を言うな。あとでクロ様にでも……）」

そのとき鳥小屋の扉が開かれて、ルリアが現われた。

「コルコここか！　コルコココカ！」

ルリアの後ろにはサラとダーウ、キャロとミアとロアがいた。

「こぉぅ？」「ほぉほぉ」「か、かぁ？」

コルコとフクロウだけでなく、鳥まで困惑して暴れるのをやめていた。

「ルリアちゃん、コルココカってなに？」

「なんとなく？　それより、やっぱりコルコはここにいたかー」

ずかずかとルリアは糞だらけの鳥小屋の中に入ってくる。

「あ、みんなは外でまってて。なんかけいかいのふんいきをかんじる！」

「けいかいの、ふんいきってなに？」

サラは首をかしげたが、小屋の中には入ってこようとしなかった。

だが、ダーウは「わふわふ～」といいながら、ルリアの後に付いてきた。

「ぎゃあぎゃあぎゃあ！」「ぎゃあ！　かあ」

途端にダーウは鳥夫婦に襲われる。ルリアが襲われなかったことが特別なのだ。

「わふ～わふわふ」

だが、ダーウは遊んでいるつもりで、嬉しそうに鳥夫婦をベロベロなめようとしていた。

「コルコがこっそり鳥小屋にいったから、おやつでもかくしているのだとおもったけど……」

ルリアは鳥小屋の床を見る。

「うんちだらけだな！　病気になるよ？　カラスも、そんなところで、なにしてる？」

「かぁかぁ！（いくらルリア様でも、我が卵は渡さぬ！）」

「あ、卵がおちたのかー。まかせろ！　ダーウ、うんちまみれになるから、ひろってあげて」

「ばむ」

大暴れする鳥を無視して、ダーウは地面に転がる卵を口にくわえた。

「かかかかかぁぁぁかぁかぁ！（た、食べるな！）」「かかかかぁぁ（我が命に代えても！）」

鳥の夫婦は総攻撃をかけるが、ダーウは全く動じない。

「ん？　おぬし、けがしているな？　ほい」

ルリアは、ダーウに猛攻撃している鳥の夫婦に治癒魔法をかけた。

「……か、かぁ？」「かかぁ？」

痛みがなくなった鳥は、途端に大人しくなる。

「けがしてるから興奮してたんだなぁ。すぐに掃除するからまってて？」

「か、かぁ」

「ダーウは卵を食べないから安心してな？　卵が床に落ちてたら掃除できないでしょ？」

「かぁ」

「それに、掃除しないと卵が病気になるかもでしょ？」

ルリアは鳥夫婦の頭を撫でると、使用人が落とした掃除用具を拾って鳥の糞の掃除を始めた。

「あ、ルリアちゃん手伝う！」

「ありがと、でも大丈夫。みんなは入らないで！　卵をうんだカラスが警戒するからね！」

「わ、わかった」「りゃりゃあ」「きゅ」「……」

ダーウが攻撃されているのを見ていたサラたちは素直に従った。

「え、ルリアちゃん、掃除うまいね？」

「へへへ。うんち掃除はとくいなのだ」

実はルリアは前世で聖女の仕事がないときに動物の小屋の掃除もしていたのだった。

「鳥のうんちはいい肥料になるから、袋にいれる」

「そうなんだ！」「りゃぁ～」「きゅきゅきゅ」

ルリアのあまりの手際の良さを見て、サラとロアとキャロが感心していた。

十分ほどで、床は綺麗になった。

掃除を終えたルリアを、鳥たちが一斉に囲んだ。

「みんなきれいなほうがいいよねー？」

「ぴぴぴ」「きゅぃ～」「ほほう」「こここここ」「かぁかぁ！」

コルコやフクロウ、烏まで一緒になって、ルリアに甘えている。

ルリアが鳥たちを撫でていると、ダーウが近づいてきた。

「どした？　ダーウ？」

ダーウが無言のまま大きく口を開けた。

「……ピヨピヨ」

「う、うまれた！」「か、かあ！」

生まれた烏の雛は、まだ目も開いていない。

「かあかぁ！」「かぁかぁ」

烏夫婦が大喜びで、雛に餌をあげはじめた。

「ダーウ、しばらくそのままでな？」

「わ、わふ～」

「カラス、巣はこのあたりでいいかな？」

「かかかぁ！」「かぁかあかか！」

「こっちの方がいいか？」

「かあ〜」

床に落ちた巣の位置を決めるまで、「わぅ〜」ダーウは困った顔で口を開け続けたのだった。

あとがき

はじめましての方ははじめまして。

一巻、二巻から読んでくださっている方、ありがとうございます。

作者のえぞぎんぎつねです。

無事、三巻も出版することができました。

読者の皆様のおかげです。ありがとうございます。


さてさて、本邸に戻った五歳のルリアの物語である三巻の内容を、ほんの少しだけ紹介します。

ネタバレはしないように気をつけます。


二巻の舞台はずっと湖畔の別邸でした。

三巻は王都近くにある生まれ育った本邸が主な舞台になります。その点は一巻と同じですね。

もちろん、一巻では行かなかった場所にも、出かけます。

あ、ちなみに、三巻でもルリアは最後まで五歳のままです。

一巻のあとがきですでに予告されていたコミカライズですが、ついに連載が始まりました！
とても面白いので、是非ご覧ください！　よろしくお願いいたします！

最後になりましたが謝辞を。

イラストレーターのkeepout先生。一巻、二巻に引き続き本当に素晴らしいイラストをありがとうございます。
二巻最後に登場した新キャラ水竜公もとても可愛くて、素晴らしいです。ありがとうございます！

担当編集さまをはじめ編集部の皆様、営業部等の皆様、ありがとうございます。
本を販売してくれている書店の皆様もありがとうございます。
小説仲間の皆様、同期の方々。ありがとうございます。

そして、なにより読者の皆様。ありがとうございます。

令和六年　四月　　えぞぎんぎつね

3巻も読んで下さりありがとうございました！
ギャッ!?
スリスリ♥
ペズン
ペズン
イラスト担当 keepout
コミカライズもマンガUP!で連載しているのである！面白いのである!!

SQEX ノベル

転生幼女は前世で助けた精霊たちに懐かれる 3

著者
えぞぎんぎつね
イラストレーター
keepout

2024年6月7日　初版発行

発行人
松浦克義
発行所
株式会社スクウェア・エニックス
〒160－8430
東京都新宿区新宿6－27－30　新宿イーストサイドスクエア
（お問い合わせ）スクウェア・エニックス　サポートセンター
https://sqex.to/PUB

印刷所
中央精版印刷株式会社
担当編集
鈴木優作
装幀
伸童舎

ISBN978-4-7575-9237-7　C0093　　Printed in Japan